não sou uma boa garota

Jessie Ann Foley

não sou uma boa garota

TRADUÇÃO
Carlos Szlak

COPYRIGHT © *YOU KNOW I'M NO GOOD* BY JESSIE ANN FOLEY
COPYRIGHT © 2020 BY JESSIE ANN FOLEY
ORIGINALLY PUBLISHED BY HARPER COLLINS PUBLISHERS
PUBLISHED BY ARRANGEMENT WITH PIPPIN PROPERTIES, INC. THROUGH RIGHTS PEOPLE, LONDON.
COPYRIGHT © FARO EDITORIAL, 2021

Todos os direitos reservados.
Nenhuma parte deste livro pode ser reproduzida sob quaisquer meios existentes sem autorização por escrito do editor.

Diretor editorial **PEDRO ALMEIDA**
Coordenação editorial **CARLA SACRATO**
Preparação **FERNANDA BELO**
Revisão **GABRIELA DE AVILA e BARBARA PARENTE**
Foto de capa **HALAY ALEX | SHUTTERSTOCK**
Capa e projeto gráfico **VANESSA S. MARINE**

```
           Dados Internacionais de Catalogação na Publicação (CIP)
                     Angélica Ilacqua CRB-8/7057

          Foley, Jessie Ann
             Não sou uma boa garota / Jessie Ann Foley ; tradução de
          Sarah Oliveira. -- São Paulo : Faro Editorial, 2021.
             256 p.

             ISBN 978-65-5957-014-0
             Título original: You know I am no good

             1. Literatura infantojuvenil americana I. Título II.
          Oliveira, Sarah

          21-2075                                              CDD 813
```

Índices para catálogo sistemático:

1. Literatura infantojuvenil americana

1ª edição brasileira: 2021
Direitos de edição em língua portuguesa, para o Brasil, adquiridos por FARO EDITORIAL
Avenida Andrômeda, 885 - Sala 310
Alphaville — Barueri — SP — Brasil
CEP: 06473-000
www.faroeditorial.com.br

Para Beth, em memória

CHEGADA

I told you I was trouble
You know that I'm no good.

– Amy Winehouse, "You Know I'm No Good"

(Eu te disse que eu era um problema
Você sabe que eu não presto.)

1

Meu nome é Mia Dempsey e sou uma adolescente problemática.

O tipo de problemática que transa com qualquer cara em qualquer lugar.

O tipo de problemática que tem uma média de notas de 1,7, em uma escala de 1 a 4.

O tipo de problemática com uma tatuagem caseira de coração na parte de cima do seio esquerdo.

O tipo de problemática que bebe licor na garrafa de água durante a aula.

O tipo de problemática que dá um soco na madrasta.[1]

Pelo que eu sei foi essa última questão que me trouxe aqui.

Talvez se tivesse pedido desculpas para a Alanna, eu ainda estaria no meu quarto em casa, cercada pelos meus livros e minhas revistas, meu notebook e meu armário cheio de roupas roubadas, em vez de deitada neste beliche de alumínio, olhando para molas enferrujadas, enquanto, acima de mim, uma garota desconhecida choraminga dormindo.

Mas não sou boa em pedir desculpas.

Para mim, toda vez que tento dizer *sinto muito* ou *eu te amo*, as palavras se dissolvem na minha língua como pastilhas de ácido emocional.

---

1. Para que fique claro, a verdade é que eu não *soquei* a Alanna. Eu a acertei com meu punho fechado com um pouco mais de força do que pretendia. Eu queria, sei lá, atingir o ombro dela, mas acontece que a Alanna é baixinha — um metro e cinquenta e cinco para o meu um metro e sessenta e oito — e então, em vez do ombro, acertei o rosto. Sim, provavelmente doeu, e sim, o nariz sangrou, meio que muito, mas nada de ossos quebrados ou algo assim.

Porém, em minha defesa, como eu poderia pedir desculpas depois do que Alanna me disse?

Naquele dia, enquanto ela segurava o saco de milho congelado no rosto, com o colo cheio de lenços de papel ensanguentados, meu pai — convocado do trabalho para casa no meio do dia para lidar mais uma vez com outra "crise da Mia" — continuava me perguntando: *Por quê, Mia? Por quê? Por que você fez isso?*

Eu sabia o motivo, e Alanna também, mas não podia contar a ele. Não podia repetir as palavras que saíram da boca dela e que foram o gatilho para o meu murro, porque eu sabia que havia uma chance de ele concordar com aquelas palavras. E se isso acontecesse, eu ficaria tão magoada que não tinha certeza de que conseguiria continuar fingindo que não me importava.

2

"Adolescente problemática." Que expressão estúpida. Em primeiro lugar, você nunca vai ouvir nenhum ser humano que se preze, entre as idades de treze e dezenove anos, referindo-se a si mesmo como "adolescente". "Garoto", "garota", "pessoa": tudo bem. "Adolescente", porém, é uma construção social, uma palavra que nunca deveria ser usada para descrever pessoas reais, mas reservada para todos aqueles produtos não tão infantis, nem tão sofisticados, que os adultos em reuniões de marketing estão sempre tentando nos convencer de que não podemos viver sem: pufes macios e completamente inúteis, capas de celulares brilhantes, prendedores de cabelo com as cores do arco-íris, tops curtos que dizem ser tamanho M, mas na verdade são do tamanho de um *post-it*. Quase tudo com pompons.

E "problemática"? Quando penso nessa palavra me vem à mente alguém sentado em uma biblioteca, olhando para o nada, enquanto coça o queixo pensativamente, refletindo sobre uma equação algébrica difícil — um *problema*. Quem me dera ser problemática. Em vez disso, estou furiosa.

Contra o quê, exatamente, não sei dizer. O mundo, o meu lugar nele e todos que nele habitam? Isso reduz a busca? De qualquer forma, não importa, já que "Academia Red Oak: um internato terapêutico feminino para seres humanos cronicamente putos entre os treze e os dezenove anos" não flui tão naturalmente quanto "Academia Red Oak: um internato terapêutico feminino para *adolescentes problemáticas*".

Sério, qual é a dos adultos e seus eufemismos? Por que eles têm tanto medo de chamar as coisas pelo que elas realmente são? Por exemplo, por que Alanna fica tão transtornada quando eu chamo

Lauren e Lola de minhas meias-irmãs? *Por que você não pode esquecer o "meias"?*, ela pergunta. *Elas são só suas irmãs.* Mas isso não é verdade. Não quer dizer que eu não ame as gêmeas, mas o fato é que elas saíram da vagina de Alanna, e eu não. Ponto-final.

E por que, desde os meus seis anos, todos os meus professores insistiam em me chamar de "superdotada"? Não sou superdotada. Sou só inteligente. Leio muito e gosto de escrever quase tanto quanto gosto de matar aula para fumar um baseado. E então? O que significa "dotada", afinal? Como pode ser um dom me sentir entediada na escola o tempo todo, precisar fingir que me atrapalho com palavras como "prodigioso" e "irrelevante" quando me pedem para ler em voz alta, para que os outros alunos não me achem uma esquisita? Sentir como se meu cérebro estivesse sempre funcionando, como se nunca desligasse, como se a única coisa que pudesse acalmá-lo fosse ler um livro, usar uma droga ou transar com um cara?

— Talvez Mia seja problemática *por ser* superdotada.

Essa foi a avaliação brilhante do sr. Cullerton sobre mim quando recebi minha última suspensão.

— Ou talvez seja por causa do que aconteceu com a mãe dela — Alanna disse, porque ela não conseguia se conter.

E esse é o problema. Alanna fica ofendidinha porque não me esqueço do "meias" de "meias-irmãs" quando falo de Lauren e Lola. Contudo, ela nunca me pediu para chamá-la de mãe.[2] Alanna adora trazer as coisas sobre a minha mãe verdadeira à tona, porque, para ela, isso embrulha tudo em um belo pacotinho. Isso explica por que sou como sou, e se tem uma coisa que os adultos amam, mais ainda do que eufemismos, é o conceito de causa e efeito. Se Alanna e meu pai acreditam que o que aconteceu com minha mãe é a causa, e eu ser uma Adolescente Problemática® é o efeito, eles podem evitar duas explicações alternativas: 1) que pessoas como eu nasceram ruins sem razão aparente; ou 2) que sou desse jeito *por causa* deles, por algum erro

---

2. E é claro que eu não a chamaria mesmo se ela pedisse.

básico de criação. Você não precisa ser superdotado para perceber por que é mais fácil simplesmente jogar a culpa em uma mulher morta e seguir em frente.

3

Você só acaba em um internato terapêutico após ter esgotado todas as suas chances, e a paciência dos seus pais tiver zerado.[3] Serei a primeira a admitir que meu pai e Alanna tentaram inúmeras táticas antes de isso acontecer: restrições ao uso e confiscos do celular, horário para chegar em casa, castigos, tabelas de riscos e consequências, contratos comportamentais, lista de tarefas. Também me enviaram como voluntária em um sopão comunitário e me fizeram bater pregos e carregar madeira na empresa de construção do meu tio. Isso sem falar em todas as consequências que tive na escola: acordos de frequência escolar, detenções, suspensões dentro e fora do colégio, palestras intermináveis dos professores sobre "meu potencial desperdiçado"; sem contar todos os psiquiatras para os quais fui encaminhada depois do *que aconteceu com minha mãe*; sem *falar* em todos os medicamentos que os referidos psiquiatras me receitaram ao longo dos anos — Venvanse, Ritalina, Zoloft e Lorax — e estes são apenas os que consigo me lembrar de cabeça.

Mas nada disso funcionou.

Eu ainda sou eu.

Ainda sou má.

Então agora estou aqui.

---

3. Mas é melhor que eles não zerem de dinheiro. Sabe quanto custa esse lugar? Seis mil dólares. *Por mês*. Se meu pai e Alanna querem acabar com as economias de suas aposentadorias e com a poupança da faculdade das gêmeas para me enviar a uma prisão de adolescentes, acho que é problema deles.

4

Quando você é enviada para um internato terapêutico como este, não há orientação como a que você teria em uma escola normal de ensino médio. Isso porque não há uma data de início regular para o ano letivo. Cada garota chega em um momento diferente, em qualquer época do ano em que seus problemas se tornam preocupantes demais para aqueles ao seu redor continuarem lidando.

E assim, não chamam de orientação. Chamam de admissão, o que parece muito mais clínico e assustador, porque, como logo aprendi, *é* muito mais clínico e assustador.

Minha admissão aconteceu em meados de outubro do segundo ano do ensino médio, três dias depois de eu dar um soco na cara de Alanna.

Era um sábado, e eu tinha passado o dia com Xander, como aconteceu tantas vezes nos últimos meses.

Xander é o meu fornecedor de Frontal, um remédio indicado para transtornos de ansiedade.

Sim, você ouviu direito.

Xander também é — bem, acho que era, já que agora moro a centenas de quilômetros de distância dele e não tenho acesso a Wi-Fi — alguém com quem eu transava de vez em quando. Uma dessas vezes se deu no mesmo dia que Alanna esqueceu seu almoço na geladeira. Ela voltou da escola, onde dá aula, para pegá-lo em casa. Foi assim que ela se deparou com Xander e eu debaixo de um cobertor no sofá da sala quando devíamos estar na aula de espanhol.

Xander puxou as calças para cima e vazou correndo, deixando-me pelada e sozinha com uma madrasta muito brava que, pela segunda vez no dia, esqueceu seu pote de plástico cheio de minestrone. Foi quando ela disse o que disse. E eu dei um soco nela. E então, três dias depois: admissão.

5

Xander é o cara mais rico da escola. Seu pai é da Alemanha e é dono de um time de basquete semiprofissional em Düsseldorf, motivo pelo qual ele tem uma quadra de basquete de verdade no porão de sua casa com o escudo do time — uma coruja-das-neves com as asas abertas — pintado no chão no meio da quadra. Isso é irônico porque o Xander foi reprovado em educação física no ano passado, como eu. Foi assim que nos conhecemos. O técnico Townsend estava fazendo nossa classe correr na pista, mas nem Xander nem eu o obedecíamos. Durante uma semana inteira, nós nos recusamos a vestir o nosso uniforme de educação física. O técnico ficou mais confuso do que zangado com o nosso comportamento.

— Vocês sabem que têm que correr para serem aprovados em educação física, não é? — ele nos dizia todo dia.

Nós acenávamos positivamente com a cabeça.

— Então, basicamente, ao optar por não concluir essa tarefa simples, vocês estão garantindo a reprovação nessa matéria — ele prosseguia.

Nós acenávamos positivamente com a cabeça.

— E não há nada que eu possa fazer para ajudá-los de agora em diante.

Nós voltávamos a acenar com a cabeça, agora empaticamente, apenas para o técnico entender que não era nada pessoal. Nós gostávamos bastante do técnico Townsend, mas não tínhamos vontade de correr. Negando com sua cabeça careca, o técnico voltava a correr. Xander e eu passávamos os quarenta e cinco minutos seguintes sentados juntos nas arquibancadas, paquerando alegremente, enquanto os outros alunos corriam em volta da quadra, se exibindo uns para os outros como cocker spaniels não castrados na exposição de cães de Westminster.

Nem é preciso dizer que Xander odeia o pai. Caras como Xander *sempre* odeiam o pai. Mas, na verdade, sou fã do sr. Konig. Não que eu já o tenha conhecido ou algo assim. Ele trabalha, tipo, noventa horas por semana. Eu simplesmente gosto da ideia dele; gosto do seu estilo. Gosto do fato de que a quadra de basquete nem é o local mais ostentoso de sua casa ou mesmo do seu porão. Essa designação vai para a adega, que fica ao lado da quadra, logo na saída da lavanderia. É um espaço amplo, pouco iluminado, com paredes de calcário e ar frio cuidadosamente regulado, e cheiro de uvas esmagadas e dinheiro. Tem tantas garrafas de vinho raras ali que há uma senha para abrir a porta.[4] Um cara como o sr. Konig poderia escolher doar seu dinheiro para hospitais de câncer, para o combate à fome ou até para corujas-das-neves, que tenho certeza que estão em risco de extinção, mas o que ele faz? Ele armazena bebidas caras. O sr. Konig nem tenta fingir que é uma boa pessoa, o que o torna diferente da maioria dos outros adultos que conheço. Prefiro um monstro ganancioso sem remorso em vez de um hipócrita.

Naquela noite em particular, a noite da minha admissão, Xander estava furioso porque tinha acabado de descobrir que seu pai o tinha excluído do plano de celular da família.

— Ele diz que sou mimado, que nunca tive que trabalhar para nada e que não sei o valor do dinheiro — Xander afirmou raivosamente. — Bem, quem ele acha que me *fez* assim?

— Sabe, as coisas também não têm estado tão bem na minha casa desde que minha madrasta flagrou a gente — eu disse. — Mas obrigada por perguntar.

---

4. Que Xander descobriu há muito tempo. Diga o que quiser sobre nós, adolescentes problemáticos, mas você nunca pode dizer que não somos engenhosos. Sobretudo quando substâncias ilícitas estão envolvidas.

— Desculpe, desculpe — Xander afirmou, passando as mãos pelos cachos selvagens germânicos. — *Meu Deus*, eu odeio o jeito como eles nos controlam — prosseguiu e tamborilou os dedos no piso laminado lustrado da quadra de basquete.

Então, de repente, ele se levantou de um salto.

— Vamos! — Xander disse, agarrou minha mão e me pôs de pé. — Eu tenho uma ideia.

— Qual é?

— Vamos beber a garrafa do meu aniversário esta noite.

— Peraí, achei que seu aniversário fosse em março.

— E *é*, mas estou falando da *garrafa* do meu aniversário.

Fiquei confusa.

— Quando eu era bebê, meus pais compraram um vinho de Bordeaux que foi engarrafado no ano do meu nascimento — Xander explicou, levando-me pela quadra em direção à adega. — Está envelhecendo desde então. A ideia é que você abra a garrafa e beba o vinho ao fazer vinte e um anos, e é para ser uma forma de começar sua vida adulta com algo belo, raro e elegante, em vez de, sei lá, dez doses de tequila ou algo assim.

— Nossa! Isso é… Quer dizer, isso é legal, mas você quer mesmo estragar isso por causa de um plano de celular? — perguntei.

— Sim — Xander respondeu, digitando a senha do sistema de segurança e abrindo a porta. — Dane-se. E de qualquer jeito, é um vinho que já tem dezessete anos. Vai proporcionar uma sensação maravilhosa na boca.

Revirei os olhos. Eu não fazia ideia do que significava "sensação na boca", mas com certeza não daria a Xander a satisfação de perguntar. Ele gostava de exibir seu conhecimento sobre vinhos para mim, porque a enologia era um dos poucos campos que ele sabia mais do que eu. Xander vasculhou junto à parede até encontrar a garrafa, coberta por uma fina camada de pó. Limpando-a com a barra de sua camisa polo, ele me explicou que, no ano do nosso nascimento, a região de Bordeaux, na França, apresentou temperaturas extremamente altas — um calor recorde — e também ficou extremamente seca, com uma estiagem que durou até meados de agosto. Isso significava que a maioria dos vinhos daquele ano e daquela região ficaram uma porcaria. Mas, *aquele*, ele disse, devia ser, por razões complexas que tinham a ver com argila, solo e sombra, totalmente sublime.

—Não acho que deveríamos fazer isso — eu disse. — Quando fizer vinte e um anos, talvez você já não odeie mais seu pai.

Mas era tarde demais. Xander já tinha cortado a cápsula metálica que envolve o gargalo e estava tirando a rolha com um abridor preso a um gancho na parede. Havia taças de cristal acima de nós, penduradas de cabeça para baixo e cintilando como lustres, mas ele tomou o primeiro gole direto da garrafa.

— Uau! — Xander exclamou, entregando-me a garrafa e fechando os olhos enquanto saboreava o vinho. — *Incroyable*.

Se alguém dissesse a Xander que um salgadinho de vinte anos era uma iguaria, ele teria comido um punhado e tido a mesma reação. O problema com Xander era que ele não tinha vontade própria; nenhum gosto verdadeiro. Pensei comigo mesma, enquanto pegava a garrafa dele, que mal podia esperar para sair para o mundo, o grande mundo, o mundo fora do ensino médio, onde poderia conhecer caras que realmente sabiam algo sobre a vida e não precisavam fingir.

Tomei um longo gole do vinho e sabe o gosto que senti?

Terra.

Calor.

Vento seco.

Cascalho, argila, limo e minhocas.

Eu sei, parece nojento, não é?

Mas não.

Era, de fato, *incroyable*.

Continuei pensando, enquanto passávamos a garrafa um para o outro, com nossos lábios e nossas línguas ficando manchadas de vermelho, que aquele vinho de Bordeaux foi engarrafado quando Xander e eu éramos apenas dois recém-nascidos que nunca tinham machucado ninguém ou feito nada de errado, que éramos apenas amor, leite, esperança e promessas. O vinho era uma inversão de nós mesmos: ele ficava cada vez melhor, enquanto Xander e eu estávamos cada vez piores.

No momento que a garrafa ficou vazia, o calor, a terra e a argila do vinho tinham se assentado diretamente na minha cabeça, por isso, quando transamos no chão da adega, gemi obedientemente, embora mal pudesse sentir. Depois dividimos um baseado, um saco gigante de doce e dois tranquilizantes que o Xander havia roubado da mãe. Então, caminhei de volta para casa sozinha, desprotegida na chuva de outubro, descaralhada demais para sentir frio, e desmaiei no porão.

6

A garrafa do aniversário, os tranquilizantes, a maconha e talvez até a overdose de açúcar dos doces contribuíram para que eu não fosse capaz de resistir muito bem quando os homens do transporte vieram me buscar.

Não estou brincando; esse é o título oficial deles: Homens do Transporte. Como se estivéssemos em uma franquia da Marvel ou algo assim.

Achei que estivesse sonhando quando eles me agarraram, com suas vozes reconfortantes, mas me segurando com firmeza. Quando meu cérebro percebeu as circunstâncias, era tarde demais para fazer qualquer coisa a respeito. Eu já estava amarrada na parte de trás do que agora sei que era o carro da Academia Red Oak e, pela janela, podia ver meu pai, Alanna, Lauren e Lola amontoados na entrada da garagem.

Todos estavam chorando.

Minha boca estava seca e minha cabeça latejava. Comecei a esmurrar a janela: por que minha família ficou parada ali, deixando que me sequestrassem? Por que não estavam ligando para a polícia? E então reparei que a mulher no assento do passageiro da frente havia virado para trás e me observava. Ela tinha olhos inteligentes e muito juntos, um nariz incongruentemente delicado, e um tipo de corte de cabelo curto prático, todo entremeado com mechas crespas e grisalhas, tão assumidamente feias que pareciam uma declaração política. As palavras que ela estava falando com uma serenidade narcótica começaram a se encaixar como disparos metálicos em uma máquina de fliperama: *Academia Red Oak... Eu sou a dra... Mas você pode me chamar de*

Mary Pat... A ajuda que você precisa... Uma nova chance... Sofrimento... Escola terapêutica... Quem você é e quem você deveria ser.

Não consegui processar tudo, mas entendi o suficiente para saber que a razão pela qual meus familiares não estavam fazendo nada para subjugar meus sequestradores era porque eles os tinham chamado. A traição de tudo aquilo fez com que eu me contorcesse. Eu soquei Alanna primeiro, mas, no fim das contas, ela me golpeou de volta com muito mais força. Eu já tinha ouvido falar a respeito daqueles lugares, mas sempre acreditei que eram só mais um mito na caixa de ferramentas de mentiras que os pais utilizam para controlar os filhos, na linha de *Se você comer muito doce, seus dentes vão cair* ou *Continue fazendo essa careta e sua cara vai congelar assim para sempre.*

Enquanto o carro acelerava, eu me lembrei da única outra vez na minha vida em que fiquei trancada em um carro daquele jeito. Eu tinha quinze anos e aconteceu no casamento do meu primo. Foi no início de minha carreira de baladeira, e ali eu realmente não sabia lidar direito com o rum e as coca-colas que o barman gatinho ficava me oferecendo durante todo o coquetel. Eu quebrei meu copo na pista de dança enquanto tocava "Cupid Shuffle". Rasguei minha meia-calça. Enfim, fiquei num estado constrangedor e desmazelado. Meu pai disse que tínhamos de ir para casa, mas Alanna se recusou. *Não vou deixar que ela estrague minha noite,* disse. Então, meu pai me arrastou até o carro, me jogou no assento traseiro e me trancou ali dentro. Tentei quebrar o vidro da janela com um pontapé, mas era temperado, e só consegui fazer uma rachadura em formato de teia de aranha. Mais tarde, quando eles chegaram ao carro, descobriram que eu estava dormindo no meu próprio vômito. O cheiro perdurou por semanas, mesmo depois de eu limpá-lo como castigo, mesmo depois de eu ter pagado por um novo vidro e um xampu profissional para carros com meu próprio dinheiro. Ainda me lembro de como Alanna, que estava um pouco embriagada por causa do vinho, absorveu tudo: o vidro rachado, um peito de frango mastigado, batatas gratinadas espalhadas por todo o assento traseiro e eu, com a maquiagem borrada e a alça do sutiã escorregando pelo meu ombro. Talvez ela tivesse achado que eu ainda estava inconsciente, que não conseguia ouvir o que ela disse ao lado do meu pai: *Desculpe, Jim, mas quer saber? Em dias como este, fico feliz que ela não seja minha filha de verdade.*

E aqui estava eu, um ano e meio depois, trancada de novo em um carro por causa do meu mau comportamento. E minha reação física foi igual. Aquela tal Mary Pat estava pronta, com o saco de vômito aberto e passado para mim bem a tempo. Digamos que o vinho de Bordeaux de dezessete anos já não era mais *incroyable*. Assim que terminei de vomitar, ela pegou o saco, amarrou-o perfeitamente e o colocou no assoalho entre seus pés, no que era, sem dúvida, o saco com o vômito mais caro já regurgitado. Mary Pat me entregou um lenço de papel para enxugar meus olhos lacrimejantes e uma bala de menta para tirar o gosto horrível da minha boca. Chupando a bala, pensei comigo mesma que, se ela tentasse fazer algo como estender o braço para trás, apertar minha mão e me dizer que tudo ia ficar bem, eu iria nocauteá-la. No entanto, Mary Pat era uma profissional. Ela sabia que, com novas capturas, era melhor manter a interação ao mínimo possível. Eu poderia chutar e me debater o quanto quisesse, mas seria apenas performativo, um exercício de protesto. Ela tinha todo o poder e eu não tinha nenhum: não havia como escapar e nós duas sabíamos disso.

Então, depois de me entregar outro lenço de papel, Mary Pat se virou para olhar para a estrada à frente e passou a conversar baixinho com o motorista, como se eu não estivesse ali, deixando-me sozinha para chorar e gritar e absorver.

Quando finalmente me cansei, encostei minha cabeça na janela fria e fiquei observando Chicago, a cidade de toda a minha vida, escoar na distância como uma sangria. Seja lá o que a mãe de Xander tomava para regular seus humores devia ser forte, ainda mais forte do que o medo, mais forte do que a raiva, porque, mesmo não querendo, acabei perdendo a consciência de novo.

Só acordei muitas horas depois, quando estávamos estacionando em um acesso circular de cascalho, diante de uma série de prédios baixos de madeira cercados de todos os lados por uma mata densa. Fui levada a entender que era ali que eu passaria a morar. O sol estava alto e o céu muito azul e sem nuvens. Havia algo arisco e revigorante no ar, um frescor que parecia hostil e vagamente desconhecido. Eu não sabia que horas eram, por quanto tempo estivemos viajando, nem mesmo qual estado era aquele. Procurei meu celular a fim de ter uma resposta para todas essas perguntas, mas Mary Pat me informou, com uma voz afetada, não muito diferente da de um agente funerário, que ele tinha sido confiscado.

— Assim que acomodarmos você, podemos conversar sobre as formas de você recuperar alguns privilégios tecnológicos — ela disse, passando-me uma garrafa de água gelada.

Enquanto eu tomava a água, lembrei-me de Xander tendo um acesso de raiva por ter sido excluído do plano do celular. Perguntei-me o que ele faria se seu pai confiscasse seu *celular*. E sua casa. E sua vida.

— Eu nem sei onde estou — resmunguei, com minha voz rouca de tanto gritar. — Você não pode fazer isso. Eu nem sei onde *estou*.

— Você está na região centro-leste de Minnesota, Mia. E está segura. Se há mais alguma coisa que você queira saber, tudo o que você precisa fazer é perguntar.

Mas enquanto Mary Pat me conduzia rumo ao prédio principal, com os dois imbecis parrudos do transporte atrás de mim, a única pessoa para quem eu tinha uma pergunta era meu pai: *Você não se lembra do que me disse no enterro da mamãe? Eu* tinha só três anos, e *eu* ainda me lembrava. Na verdade, é a única coisa da qual me lembro daquele dia. A chuva batendo no teto do carro alugado enquanto ele seguia para o cemitério, atrás das lanternas traseiras amarelas do carro funerário que carregava o corpo dela. Meu pai se virando para mim com seu terno escuro, os olhos inchados e os sapatos pretos rangentes. Segurando minhas mãos nas dele. Dizendo: *Mia, somos só você e eu agora. E eu nunca, nunca mesmo, vou te deixar.*

7

Mary Pat me indica uma cadeira em seu escritório e diz que vai buscar a minha papelada. Antes de sair, pega o abridor de cartas e o peso de papel de mármore.

— Apenas um excesso de cautela — ela afirma com um sorriso suave e sai.

E tranca a porta por fora.

Enquanto espero ela voltar, em um estado de choque profundo para sentir a totalidade da minha ressaca, pego um folheto de papel-couchê de uma pilha na mesa dela. Na capa, há uma foto de três garotas abraçadas: uma negra, uma branca e uma asiática. Todas muito bonitas. Elas estão sentadas juntas num tronco gigante enquanto um pôr do sol vívido ilumina os pinheiros atrás delas. Estão sorrindo com os dentes escancarados, que obviamente têm a intenção de amenizar o medo dos pais, clientes em potencial, em dúvida sobre enviar suas filhas para um campo de prisioneiros no meio do nada. *Não só passamos por uma lavagem cerebral completa para nos conformarmos*, as garotas no tronco parecem estar dizendo, *mas também nos divertimos fazendo isso!*

Abri o folheto e comecei a ler.

ACADEMIA RED OAK

Criar os filhos não é fácil.

Mas nunca deveria ser tão difícil.

Deixe-nos ajudar.

Bem-vindos à Academia Red Oak, internato terapêutico para adolescentes problemáticas. Somos uma escola do ensino médio devidamente credenciada, situada em quatro belos hectares cobertos de matas, no centro-leste de Minnesota, nas proximidades da Floresta Estadual do Rio Rum. Um estabelecimento singular que combina a última palavra em pedagogia terapêutica com as antigas qualidades curativas da Mãe Natureza. Nosso programa é estruturado para ajudar sua filha a encontrar o caminho de volta à vida que ela deveria levar e à pessoa que deveria ser. Nossa promessa é que, ao devolvermos sua filha depois que o programa dela alcançar a maturidade, ela será como o carvalho-vermelho que dá nome à nossa escola e como as árvores que nos cercam, crescendo reta, alta e orgulhosa na floresta de sua vida.

Nossa abordagem de tratamento é nitidamente holística e feita sob medida para as necessidades individuais de cada aluna. Ao contrário de algumas escolas terapêuticas mais tradicionais, não empregamos práticas que estão enraizadas em sistemas patriarcais e militaristas; como, por exemplo, uso de uniformes, códigos de honra, "níveis", notas acadêmicas tradicionais etc. Acreditamos que essa abordagem holística e individualizada é o que nos distingue de outros programas de internatos terapêuticos. Com isso em mente, tenha consciência do que NÃO somos:

Um programa de retiro ecológico

Uma clínica de desintoxicação de dependentes de drogas

Uma clínica de saúde mental

Um acampamento

Um local de confinamento

Este último tópico é consolador de certa forma. Se não é um local de confinamento, significa que posso sair quando quiser? Mas quando olho para a porta trancada diante de mim, ou pela janela atrás de mim, com sua espessa muralha de mata por todos os lados, cheia de árvores crescendo retas, altas e orgulhosas,[5] me pergunto para onde eu poderia ir.

Quem é uma Garota Red Oak?

Ela é sua filha: uma jovem inteligente e amorosa, de treze a dezoito anos, que simplesmente perdeu o rumo. Ela pode:

Estar fazendo escolhas ruins e perigosas

Estar agindo de forma mimada, egoísta ou desinteressada

Ser manipuladora

Estar mentindo

Estar saindo escondida

Ser rebelde

Estar deprimida

Estar retraída

Ser autodestrutiva

Ser narcisista

---

5. Vou vomitar.

Ser histriônica

Estar com transtorno alimentar

Ser violenta

Ser promíscua

Ser academicamente desmotivada

Estar usando/abusando de drogas e/ou álcool além do estágio experimental

Estar sentindo pesar e/ou trauma

Estar enfrentando conflitos emocionais

Estar envolvida em evasão escolar

Ser incapaz de respeitar regras ou limites

Ser incapaz de controlar o humor

Estar manifestando pensamentos suicidas

Estar se automutilando

Ser facilmente influenciada por outras pessoas, sem um senso de identidade consistente

Ser contestadora

Ser piromaníaca

Hm.

Tá, beleza.

Admito que *algumas* dessas coisas se aplicam a mim. Eu faço escolhas ruins e perigosas, manipulo, me rebelo, sou promíscua, desafiadora, uso/abuso de drogas e/ou álcool além do estágio experimental, sou academicamente desmotivada e, embora em termos técnicos, seja *capaz* de respeitar regras e limites, em geral escolho não o fazer. Mas, honestamente, isso também pode descrever boa parte das pessoas com quem ando. Quer dizer, veja o Xander! Ele mata aulas, é ladrão de vinhos raros, um mulherengo e *traficante de drogas*. Então por que fui *eu* quem foi mandada para longe?

E quanto a essas outras coisas?

Pensamentos suicidas?

Automutilação?

Piromaníaca???

Quer dizer, mesmo se eu admitisse ser ruim, não sou ruim do tipo *incendiária*. Não sou ruim de machucar a mim mesma e aos outros (o nariz da Alanna não conta; isso aconteceu *uma única vez*, e se você tivesse escutado o que ela disse para mim, concordaria que ela mereceu).

Examino o escritório de Mary Pat com suas paredes revestidas de lambris de madeira, suas quinquilharias enfileiradas nas estantes de livros, seu tapete trançado aconchegante, suas pinturas a óleo de patos emolduradas. O lugar parece uma espécie de restaurante sinistro. E meu pai acha que *esse* é o tipo de lugar ao qual pertenço, com *esse* tipo de gente? Enquanto espero o retorno de Mary Pat, uma imagem horrível se forma na minha cabeça: do meu pai e de Alanna sentados tarde da noite à mesa da cozinha, com as cabeças juntas e canetas nas mãos. Eu os imagino analisando essa lista e ticando um quadradinho após o outro; cada visto uma prova de que a única solução que restou para eles é me entregar a um bando de estranhos não militaristas e não patriarcais com diplomas de psicologia. E a cada quadradinho ticado, ainda que eles não admitam — mesmo um ao outro —, os dois sentem um entusiasmo crescente. Sem mim na jogada, eles podem finalmente ser quem deveriam ser, os Dempsey: apenas uma mãe, um pai e suas duas filhas adoráveis e inteiramente biológicas. Sem mim por perto, eles podem finalmente ser uma família normal. Uma *família nuclear*, como dizem, mas com sua arma nuclear, que durante anos ameaçou explodi-los em pedaços, finalmente desarmada para sempre.

8

Depois de Mary Pat me entregar uma mochila de plástico transparente com dois cadernos dentro,[6] um manual de alunas de Red Oak e minha pequena bolsa de viagem roxa com as roupas que Alanna provavelmente empacotou e enviou antes de eu ser emboscada, ela me conduz até uma sala de blocos de concreto sem janelas, um pouco mais à frente do seu escritório no corredor. O piso é concretado, a iluminação é superamarelada e não há nada nesse espaço retangular, exceto duas cadeiras e uma mesa comprida com uma caixa de plástico nela, do tipo que se vê na segurança dos aeroportos para colocar chaves e casaco. Duas mulheres estão sentadas nas cadeiras. Uma delas tem cabelo comprido e alisado, é alta e tem jeito de mãe, calça tamancos, usa brincos de feira de artesanato e jaleco azul. A outra é baixa e sem forma, jovem o suficiente para ainda ter acne, com um delineado malfeito e um coque bagunçado no alto da cabeça. Uma linha ondulada cor de sangue contorna seu couro cabeludo, onde a tintura de farmácia vazou. Ela veste uma camiseta com Equipe Red Oak escrito na frente.

— Mia, quero apresentá-la a Melanie, a enfermeira da nossa escola, e a Dee, nossa líder de equipe assistente — Mary Pat diz.

As duas mulheres ficam de pé para me cumprimentar. Eu as ignoro como se elas não estivessem ali.

— Melanie, a enfermeira, vai pesar você e medir seus sinais vitais e, em seguida, farei um exame rápido em sua pessoa.

---

6. Do tipo costurado, não espiralado, pois o arame da espiral pode ser utilizado como arma ou instrumento de automutilação.

Minha *pessoa*? Na verdade, não odeio sua escolha de palavras estranhamente formal. Ela me dissocia do meu corpo: meu corpo é minha pessoa e eu sou eu. Duas coisas separadas: e essas vadias só são capazes de examinar uma delas.

Quando vou subir na balança, a enfermeira Melanie me impede.

— Se você não se importa, Mia, peço que se vire e suba de costas — ela diz.

— Por quê?

— Algumas das nossas garotas têm dismorfia corporal e padrões alimentares problemáticos. Por isso, temos uma política de manter o peso das alunas em segredo.

— Bem, *eu* não tenho nenhum transtorno alimentar.

— É o procedimento de admissão padrão, querida.

Agora estou mais irritada por Melanie ter me chamado de *querida*. Suspiro, me viro, subo de costas na balança e aguardo ela registrar meu peso. Em seguida, ela mede minha pressão arterial e ouve meu coração, anotando todos os meus resultados em seu notebook.

— Vou pedir que você tire suas roupas agora — Mary Pat diz, enquanto pega duas luvas de borracha azuis de uma caixa descartável na mesa.

— Espere, você vai fazer uma revista corporal em mim?

— Novamente, esse é um procedimento de admissão padrão.

— Foda-se. Eu opto por não fazer um procedimento de admissão padrão.

Mary Pat sorri para mim com a eficiência inabalável dessa região do país, que já passei a abominar.

— Mia, se você se recusar a cooperar, então vamos ter que segurá-la e tirar suas roupas à força. Mas eu gostaria muito de evitar isso, se possível. Esse tipo de interação física pode ser um gatilho para algumas das nossas garotas.

Fico parada no meio da sala bem iluminada, alternando o olhar de uma mulher para outra. Sei que não levei uma vida exatamente digna nos últimos anos, mas, ainda assim, isso parece chocante. Pelo menos quando estou tirando minhas roupas para alguém, a outra pessoa também está tirando as suas. Além disso, o lugar geralmente está escuro.

— Agora vá em frente, tire suas roupas e as coloque na caixa. Isso não vai levar mais do que um minuto.

Melanie, a enfermeira, sorri para mim e acena com a cabeça com gentileza. Dee espera, me observando. Noto a grossura dos seus braços e a robustez de suas pernas curtas e arqueadas. Sua expressão é impassível, mas há uma energia rude em seus olhos, um desafio. Ela *quer* que eu lute contra isso. Ela quer pôr as mãos em mim, exibir seu domínio. Percebo que eu a odeio. É uma sensação boa. Uma das minhas poucas regras de vida é que, se você estiver em uma situação em que se sente vulnerável, a melhor coisa a fazer é escolher alguém para odiar. O ódio é uma emoção descomplicada. Vai lhe dar algo para se agarrar, limpar sua mente e deixar você ser o animal que é, fará com que se lembre de que, como animal, só tem uma tarefa real a cumprir: sobreviver.

Encaro Dee enquanto desabotoo meu jeans.

Ainda estou usando o sutiã favorito de Xander: o de renda preta, com uma faixa transparente e alças que apertam os ombros. Ele comprou para mim, e, por isso, o tamanho está completamente errado. Ele não sabia que os tamanhos de sutiã tinham números *e* letras. Eu nunca o uso, exceto quando sei que vou vê-lo. Depois que eu o solto e o jogo na caixa, mesmo minha humilhação não me impede de sentir o alívio que toda garota sente ao tirar uma peça de roupa íntima do tamanho errado. Espero que Alanna, em sua pressa para se livrar de mim, pelo menos tenha se lembrado de pôr um top na minha bolsa de viagem.

Tiro rápido minha calcinha e a jogo na caixa. Olho para o compensado de madeira do teto, piscando com cuidado porque, de repente, receio que possa chorar. Minha pele fica arrepiada quando Mary Pat passa suas mãos enluvadas pelos meus ombros e minha cintura.

— Está quase no fim — eu a ouço dizer. — Você está se saindo muito bem, Mia. Agora, curve-se e coloque as mãos no chão.

Enquanto toco o concreto com as palmas, consigo sentir Dee me observando e sinto o desequilíbrio de poder insinuado por seu sorriso malicioso. Digo a mim mesma de novo que meu corpo é apenas um corpo e o eu de quem eu sou é algo que elas não podem ver ou tocar. *Se você chorar agora*, penso enquanto os dedos enluvados de Mary Pat começam a me sondar, *então elas vão te ver. Se deixar que elas te vejam, você vai permitir que elas vençam.*

Elas até me fazem agachar para ter certeza que eu não enfiei nada na minha vagina, como se eu fosse uma mula de drogas desesperada. Quando obedeço, Mary Pat, Dee e Melanie ficam todas olhando para o chão, como se esperassem que uma arma caísse ou algo assim. Depois de nada acontecer, juro que Dee quase parece desapontada.

Visto minhas roupas rapidamente, achando que enfim acabou, mas então Mary Pat me informa que elas precisam fazer algumas "mudanças estilísticas" em minha *pessoa*, para que eu cumpra o código de vestimenta. Melanie, a enfermeira, me senta em uma das cadeiras e, com um murmúrio de desculpas, corta as pontas coloridas do meu cabelo.[7] Observo os cachos lilases caírem no chão, lembrando-me do dia em que os pintei com Eve, uma colega, sob a luz difusa do porão do prédio do namorado da mãe dela, enquanto as máquinas de lavar zumbiam e balançavam ao nosso redor como fileiras de ovos incubados gigantes.

Depois, cortam minhas unhas quase até o sabugo.[8] Em seguida,

---

7. Seção 8.3 do manual de alunas da Academia Red Oak: Cuidados pessoais — Cabelo: o cabelo deve ser mantido com no máximo dois tons mais claros ou mais escuros do que a cor natural da aluna.

8. Seção 8.4 do manual de alunas da Academia Red Oak: Cuidados pessoais — Unhas: as unhas das mãos e dos pés devem ser mantidas curtas e bem aparadas. Pontas artificiais, decalques e outros produtos de *design* de unhas não são permitidos. Esmalte de unhas é permitido a critério da equipe e deve ser certificado como orgânico e "3-free" (não tóxico e livre de tolueno, DBP e formaldeído). O esmalte só pode ser aplicado sob a supervisão da equipe.

tiram o *piercing* da minha língua.[9] Mary Pat e Dee me seguram pelos ombros, enquanto a enfermeira Melanie, com outro *querida* murmurado e uma delicadeza que ainda parece implacável, me força a abrir a boca. Trabalhando rápido, como se fizesse isso o tempo todo, e suponho que provavelmente faça, Melanie desenrosca a esfera da parte superior do piercing e desliza para fora a barra da parte inferior. Eu tinha esse piercing desde o primeiro ano e, sem ele, minha boca parece estranhamente vazia. Passo a língua desnuda no céu da boca e sinto o buraco nela, assim como senti quando era pequena e perdi um dente. Quero cuspir na cara delas, mas a ressaca e o medo secaram minha saliva.

A última e derradeira etapa é um teste de urina. Elas me deixam fazê-lo sozinha e com a porta fechada em um pequeno banheiro ao lado da sala de admissão. Porém, me obrigam a gritar uma contagem o tempo todo em que estou lá dentro. Acho que para saber que não estou tentando escapar pela janela do banheiro em direção à floresta.

— Ótimo! — Mary Pat diz quando entrego o recipiente quente cheio de xixi amarelo brilhante de ressaca. — As coisas desagradáveis acabaram agora. Que tal irmos conhecer suas novas colegas de classe?

---

9. Seção 9.4 do manual de alunas da Academia Red Oak: Código de vestimenta — Joias: itens de metal com fecho concebidos para serem usados ao redor do pescoço e do pulso não são permitidos. Itens flexíveis (escapulários, pulseiras de tecido, prendedores de cabelo etc.) são permitidos a critério da equipe. São permitidos dois brincos por orelha, no máximo. O uso de *piercings* é restrito ao lóbulo da orelha e *apenas* ao lóbulo da orelha.

9

A primeira garota que conheci foi Madison, minha companheira de quarto, um pocinho sorridente de insegurança, vestida da cabeça aos pés com roupas caras de ioga, que foi incumbida de me mostrar nosso quarto e me levar até o refeitório para o almoço.

Minha antiga escola estava cheia de garotas como ela: garotas que se vestem e pensam estritamente em tons pastel; garotas sem sal nem açúcar. Garotas de uma daquelas famílias com dois golden retrievers e em que todos posam para a foto do cartão de Natal usando gola rolê, a aluna mais burra, mas que mais se esforça nas aulas para alunos avançados.

Ela é bonita, acho; pele rosada, cachos loiros sedosos e olhos azuis arregalados e úmidos, como uma boneca de porcelana vitoriana, que piscam para mim atrás de um imenso par de óculos Kate Spade. Mas é uma beleza muito temporária. Mesmo que ela não possa ter mais de dezesseis ou dezessete anos, posso ver que já está desvanecendo. Em poucos anos, sua bunda vai passar de redonda para larga, seu queixo vai amolecer e virar uma papada, seu cabelo vai ficar prematuramente grisalho e ela nunca vai encontrar um cabeleireiro capaz de restaurar esse tom radiante de loiro. Basta uma olhada nela para saber que quadradinho *ela* tica.

Facilmente influenciada por outras pessoas, sem um senso de identidade consistente.

Consigo imaginar como tudo aconteceu em detalhes: seus pais saíram da cidade e a deixaram no comando, avisando que confiavam nela. E Madison *pretendia* fazer tudo certo, mas então algum garoto popular da escola a paquerou um pouco, convencendo-a a organizar um pequeno encontro social. Apenas alguns amigos! Para jogar Palavras Cruzadas!

Tudo bem, ela disse, sorrindo com todos os dentes, *mas sério, Tyler, só algumas pessoas.*

Claro, Madison, ele a tranquilizou. Em seguida, deu um tapinha na bela cabeça loira dela, se virou, pegou o celular e convidou todos os seus amigos e conhecidos. A turba atravessou o amplo gramado verde da casa de Madison, invadiu o *foyer* de mármore e destruiu tudo à vista com a malignidade casual reservada para garotas não populares, que são burras demais em achar que podem comprar sua aprovação dando festas. Uma relíquia amada da família foi destruída, roubada ou mijada? O papagaio da família foi depenado? Alguém se afogou na piscina? Fosse o que fosse, os pais de Madison acharam que podiam enterrar tudo aquilo enviando-a para cá. Ela veio de boa vontade, com o rabo entre as pernas, para melhorar seu *senso de identidade.*

Fico tão satisfeita com minha análise psicológica do caráter de Madison que demoro um pouco para reparar em suas mãos.

Tenho que admitir, elas me afligem.

Porque, bem, suas mãos são horríveis.

Estão esfoladas e em carne viva, com tiras de pele ao redor das cutículas e as pontas dos dedos mordidas e removidas até a camada inferior ensanguentada. De jeito nenhum isso pode ser descrito como roer as unhas. Está mais para autocanibalização. Tampouco se restringe aos dedos. Ao longo da parte espessa da palma das mãos, há feridas vermelhas que a princípio pensei serem eczemas, mas logo noto o esfolamento metódico na pele ali também, como um animal selvagem com a pata presa em uma armadilha.

— Isso não *dói?*

— O quê? — ela diz, tirando a mão da boca, envergonhada. Um pedaço de pele pende do seu lábio inferior. — Eu roo as unhas.

— Não, você *come* suas *mãos.*

— Tanto faz! É apenas um vício. Tenho uma coisa com impulsividade, principalmente quando estou estressada. Nos últimos dias, fiquei muito nervosa porque me disseram que eu teria uma nova companheira de quarto: você!

Madison sorri para mim com uma boa vontade tão urgente que meio que espero que ela me abrace, e talvez ela me abraçaria, se não fosse pelo fato de que, embora no folheto as garotas do tronco estejam se abraçando, na realidade não podemos tocar umas nas outras em nenhuma circunstância.[10]

***

O refeitório é igual a qualquer refeitório de escola, exceto que suas cinco mesas pequenas acomodam apenas cerca de vinte alunas, e não há garotos. Além disso, pelas enormes janelas panorâmicas, não se vê um estacionamento ou um campo de futebol americano, apenas a natureza selvagem, resplandecentemente bela em suas cores outonais.

Ao nos aproximarmos do balcão, a merendeira peituda sorri e nos cumprimenta pelo nome; nós duas, embora seja meu primeiro dia e eu nunca a tenha visto. *Oi, Madison! Oi, Mia!* Olho para o que ela despejou na minha bandeja: pão de forma com pasta de amendoim, uma pera não madura e gelatina de laranja.

Comida de prisão.

Passamos para a geladeira de bebidas. Não há refrigerante nem café.

— A cafeína é uma substância que vicia! — Madison explica alegremente.

---

10. Seção 4.9 do manual de alunas da Academia Red Oak: Regras gerais — Conduta pessoal: muitas de nossas garotas chegam até nós apresentando problemas com limites. Enquanto estiverem na Red Oak, as alunas vão aprender a melhorar sua compreensão e seu respeito em relação ao próprio espaço pessoal e das outras alunas. Para isso, as alunas devem sempre manter um distanciamento de quinze centímetros entre elas e suas colegas. É proibido acariciar, abraçar, segurar a mão, cumprimentar, sentar no colo, fazer cócegas ou outras formas de contato físico intencional.

Há apenas suco de laranja, leite ou água, e copinhos de plástico, como se estivéssemos na pré-escola.

— É por isso que você está aqui? — pergunto, observando Madison se servir de três copos de suco de laranja. — Por causa dessa sua impulsividade?

— Basicamente.

— Mentira! — diz uma garota alta e magricela, com cabelo preto longo e emaranhado e uma pele cor de oliva carente de sol, colocando sua bandeja ao nosso lado.

Ela calça coturnos e um vestido de verão feito de um tecido amarelo fino que mostra seus mamilos. Deve estar congelando — é meio de outubro em Minnesota — e a pele dos seus braços desnudos e peludos está arrepiada.

— Cale a boca, Vera — Madison responde e morde o sanduíche.

Vera tem dentes pequenos e retos e um rosto anguloso e cheio de espinhas, dividido ao meio por um grande nariz adunco. Com esses traços, ela deveria ser feia, mas quando se junta tudo, como uma pintura cubista, se harmoniza de alguma forma em algo bonito. Ela tem cheiro de desodorante masculino, cêcê e cabelo sujo, e, apesar de minha promessa de odiar tudo e todos na Academia Red Oak, gosto dela imediatamente.

— Fala a verdade, Madison — ela diz, piscando para mim. — Assuma a responsabilidade. A razão *verdadeira* de você estar aqui é porque você é uma *stalker*.

Madison suspira.

— Pela milionésima vez, eu não sou uma *stalker*. Passei por uma *separação* ruim.

— Muitas pessoas passam por separações ruins. Poucas pessoas decidem fabricar uma bomba caseira e prendê-la debaixo do carro da ex-namorada — Vera diz e tira a casca do seu pão de forma em uma tira comprida, como se estivesse tirando a pele de um peixe, e a deixa no canto da bandeja. — Felizmente, estamos falando de Madison —

ela explica para mim. — Então, é claro que a bomba não funcionou direito. Quando explodiu, apenas estourou um pneu, mas acontece que a pobre garota estava dirigindo na estrada e, então, ela bateu o carro no canteiro central e quebrou o braço e três costelas.

— Sim, era exatamente o que eu *queria*. Só assustá-la. Se eu quisesse mesmo *matá-la*, teria construído uma bomba de tubo, que tem uma força de choque muito maior do que um explosivo plástico. Até parece que não aprendi *nada* naqueles acampamentos de férias que meus pais me forçaram a ir por cinco verões. *Credo.*

— Qual é, Madison! — diz outra garota de pele negra impecável e tranças pretas afastadas do rosto por uma larga bandana rosa, sentando-se ao lado de Vera. — Você sabe o que Mary Pat diz: "Só ao admitir nossas ações podemos começar a nos reconciliar com elas".

— Sim, como se todas vocês fossem *perfeitas* — Madison replica.

— Não precisa levantar a voz, querida — a garota provoca, com seu sotaque sulista mudando para um sotaque sincopado e sério do meio-oeste, igualzinho ao de Mary Pat. — Você sabe o que sempre digo: "A raiva é uma emoção de segunda mão".

Madison revira seus grandes olhos úmidos e ajusta os óculos. Devolve o sanduíche à bandeja para voltar a comer a mão.

— Meu nome é Trinity — a garota com a bandana diz, me analisando. — Quem é *você*?

— Mia.

— De onde você é?

— Chicago.

— Já pegaram seu celular?

Confirmo com a cabeça.

— *Merda.*

— Você acha mesmo que se esqueceriam disso? — Madison pergunta. — Esse é um "procedimento de admissão padrão".

— Argh — exclamo. — Se eu tiver que ouvir essa frase mais uma vez...

— Revistaram sua xota?

Concordo, chateada comigo mesma pelo surgimento involuntário de rubor no meu rosto.

— Você pode agradecer a ela por isso — Trinity afirma, apontando o polegar para Vera. — Ser revistada agachada não era praxe até que Vera decidiu esconder uma garrafinha de vodca de avião na xota no semestre passado.

— É por isso que chamam a xota de bolso natural — Vera diz, alegremente.

Madison olha para mim, franzindo o rosto em repulsa.

— E elas acham que *eu sou* a aberração.

— Falando sério, tenho que pegar o celular de alguém. Preciso muito acessar minhas redes — Trinity diz, olhando em volta da mesa.

— Sabe, Mia — Vera explica. — Trinity tinha mais de cem mil seguidores no Instagram quando os pais dela a mandaram para cá.

— Eu era uma influenciadora — Trinity diz com orgulho. — Eu estava ganhando *dinheiro*. Mas não consigo postar um conteúdo há meses. Sem conteúdo, não tenho marca pessoal. Sem marca pessoal, não tenho *chance*.

Vera ri. É uma risadinha sarcástica, que arrepia minha pele.

— Se uma árvore cair na floresta e ninguém fizer um Boomerang disso e postar no Stories, realmente aconteceu?

— Trin — Madison diz, afastando a mão da boca ao que um fio de saliva se estende, brilhando como uma teia de aranha —, a maioria dos seus seguidores era um bando de velhos pervertidos que gostava de olhar suas fotos para que você pudesse estrelar as fantasias nojentas deles. Sem querer parecer dona da verdade nem nada, mas isso me faria sentir, tipo, *violentada*.

— Ah, cale a boca, Madison — Trinity diz. — Teve uma vez que eu estava no trem, usando um moletom folgado, sem maquiagem, com cada *centímetro* do meu corpo coberto, e um imbecil tirou o pau para fora e mostrou para mim. Garotas da nossa idade provocam pensamentos sujos em certos tipos de homens só por estarem *vivas*. Então,

41

se você não consegue controlar as fantasias de outras pessoas, por que não ganhar dinheiro com elas?

— *Eu* entendo essa lógica — Vera afirma. — Pena que sua mãe não.

— Ela é supercristã — Madison explica.

— *E* congressista dos Estados Unidos — Vera acrescenta.

— Ex-congressista — Madison a corrige. —Perdeu a reeleição no ano passado. Os eleitores pensaram: se ela não é capaz de controlar a própria filha, como pode controlar a economia ou algo assim?

Trinity apenas boceja. Ela não parece arrependida.

— Seja como for, você vai se acostumar a ficar sem celular — Vera diz para mim. — Eu mal me lembro de como tirar uma selfie. Ou por que alguém iria *querer* tirar uma selfie. Sou como uma mulher pioneira. Ou uma esposa *cult*. Ou a porra de uma astronauta. Não vivo mais no mundo. Vivo em Red Oak.

— Há quanto tempo você está aqui? — pergunto.

— Quase dois anos.

— Dois *anos*?

Achei que talvez meu pai e Alanna me deixariam aqui por algumas semanas, trinta dias no máximo. Apenas o tempo suficiente para me dar uma lição. Não tinha me ocorrido até agora que eu poderia ficar presa aqui pelo resto do ensino médio. Eles nunca fariam isso comigo. Fariam? Bem, meu pai não. Mas Alanna… Começo a sentir aquele formigamento no centro do peito; os primeiros tentáculos de um ataque de pânico. Se eu não agir, o formigamento pode logo se transformar em um afogamento, como se alguém tivesse acabado de enfiar minha cabeça num saco plástico e estivesse amarrando-o com força. Quero uma intervenção narcótica. Tipo, agora. Porém, desde que minha última psiquiatra suspendeu todos os meus medicamentos controlados devido à minha "personalidade dependente", e uma revista corporal, um celular confiscado e muitas centenas de quilômetros estão entre mim e uma das pequenas pílulas laranja de Xander, coloco uma mão na garganta e respiro profundamente pelo nariz do jeito que ela me ensinou. É melhor do que nada, acho.

— Não se preocupe, Mia — Madison afirma, com os olhos atrás dos óculos repletos de uma preocupação solidária. — A maioria das garotas não fica tanto tempo. Vera é um caso especial.

Grata, aceno com a cabeça e expiro.

— Sim, passa num minuto — Vera diz, e põe sua perna comprida e não depilada sobre nossa mesa de almoço, apontando para os coturnos desgastados. — Perdi completamente o contato com a cultura contemporânea. Esses coturnos ainda são legais?

— Esses coturnos nunca *foram* legais no meu mundo — Trinity responde e suspira. — Sinto falta dos meus saltos altos.[II]

— Ah, Trinity, é tão triste como você sucumbe à cultura tóxica de princesa, sem contar as estruturas hegemônicas que igualam a feminilidade a andar sobre saltos torturantes. Fora que hoje em dia usar salto é algo considerado básico — Vera diz.

— Apenas garotas brancas podem ser básicas. Já falamos disso.

— Discordo — Madison começa a falar. — Tinha uma garota na minha antiga escola...

— Cale a boca, Madison — Trinity e Vera dizem em uníssono.

Sinto que consigo respirar de novo, porque embora (se a lista de *Quem é uma Garota Red Oak?* é indicação de qualquer coisa) todas essas garotas sejam loucas, o jeito que elas brigam umas com as outras parece tranquilizadoramente normal.

— O que quero dizer é que prefiro, sempre que possível, me sentir confortável — Vera afirma, recolocando os pés no chão. Ela começa a cortar sua pera com uma faca de plástico. Vejo Dee, uma equivalente a monitora de almoço da Red Oak, parada no meio do refeitório segurando uma prancheta. Percebo que ela não tira os olhos de nós até Vera largar a faca.

II. Seção 9.1 do manual de alunas da Academia Red Oak: Código de vestimenta — Calçados: as alunas devem usar sapatos sempre que estiverem nas dependências da escola, fora de seus dormitórios. Os sapatos devem ser fechados, com salto não superior a quatro centímetros, e devem ser usados ou com meias e/ou meias-calças não rasgadas.

— Então, se dois anos não é o padrão, qual é? — pergunto, tentando soar despreocupada enquanto o ritmo do meu coração começa a voltar ao normal.

— Cada garota chega aqui com sua bateria única de problemas — Trinity explica.

Não sei dizer se ela ainda está tirando sarro de Mary Pat ou se as garotas de Red Oak estão tão analisadas terapeuticamente que é assim que elas falam.

— E o plano de tratamento e o tp[12] de cada garota variam. Não sei se você sabe, mas não seguimos os métodos patriarcais e militaristas, o que significa que sua data de liberação será flexível e negociável, dependendo de quão bem Mary Pat e sua orientadora individual acham que você está indo no seu trabalho emocional — Trinity prossegue.

— Minha orientadora individual?

— Sim, são três. Cada uma de nós tem uma. Elas se encontram com você duas vezes por semana e são como seu ponto de referência aqui. Sua orientadora praticamente detém a chave da sua saída. Me deixa ver sua programação e saberemos quem você pegou.

Mostro a cópia impressa que Mary Pat me deu na admissão e Trinity aponta para um nome no canto superior direito do papel dobrado. *Dra. Vivian St. John.*

— Sortuda — Madison diz, fazendo beicinho. — Eu peguei a Carolyn e ela é um saco.

— E eu peguei a Brit Mau Hálito — Trin revela, revirando os olhos epicamente. — Você tem sorte, Mia. As garotas adoram a Vivian.

— E essas garotas sofrem de síndrome de Estocolmo — Vera diz, pegando uma fatia de pera com o garfo, mordiscando um cantinho de polpa e olhando para mim. — Eu também peguei a Vivian. Nossas sessões são tão inúteis que chega a doer. Não espere milagres. E, de qualquer forma, não importa quem você pega, porque um tp na verdade se resume ao quão fodida você realmente é. Por isso, resta a questão: você

---

12. TP = tempo de permanência.

é como eu, que é ruim ruim, de modo verdadeiro e incorrigível? Ou é só uma ruim normal, uma garota que não é "boa", com pais que não sabem como lidar com você, como a Trinity?

— Posso ter sido uma estrela pornô no Instagram — Trinity afirma, endireitando-se e entrelaçando os dedos com afetação. — Mas ainda sou uma virgem que ama Jesus.

— Então, qual você é? — Madison pergunta, olhando para mim ansiosamente. — Ruim ou só não boa?

— Não, deixa *a gente* descobrir — Vera diz antes que eu consiga responder. — É mais divertido assim! A primeira coisa que precisamos saber é por que você está aqui. Você não ameaçou sua escola com um tiroteio, não é?

— Não — Trinity afirma. — Ela não parece ser do tipo violenta. Eu chuto drogas.

— Metanfetamina? Não, isso não é uma coisa de Chicago. Seria cocaína. Ou algum tipo de opioide.

— Você trepou com seu professor.

— Ou com o pai da sua melhor amiga.

— Ou com a mãe da sua melhor amiga?

— Você roubou um carro? E depois bateu o carro na vitrine de uma loja de ursinhos de pelúcia?

— Cala a *boca*, Madison. Foi a Olivia quem fez isso. A mesma coisa não vai acontecer duas vezes.

— Você faz parte de uma gangue?

— Você é cleptomaníaca?

— Você é uma puta?

— Ela está ligada a um grupo de colegas doentios.

— Estou dizendo. É droga. Mas qual?

— Miau-miau? Cavalo? Rebite?

— Molly? Branquinha? China Girl?

— Codeína? Ketamina? Oxicodona? Opana?

— Venvanse? Ritalina? Hidrocodona? Demerol?

— Maconha? Vinho? Gás hilariante?

— *Dusting*?

— Peraí! — Trinity exclama e levanta a mão.

As unhas dela são lindas. Curtas o bastante para atender ao manual, mas perfeitamente lixadas e pintadas com um esmalte rosa brilhante e impecável. Em todos os sentidos, são o oposto dos pesadelos roídos de Madison, e eu me pergunto como ela as mantém no meio desse acampamento de escoteiras desajustadas.

— O que, em nome do Senhor, é *dusting*? — Trinity prossegue.

— Sabe aquelas latas de ar pressurizado que você usa para limpar a poeira do teclado do computador? — Vera pergunta. — As pessoas inalam esse ar.

— E isso dá barato?

— Com certeza.

— Não achava que garotas do Upper East Side se metessem com esse tipo de bobagem.

— Em primeiro lugar, sou do Upper *West* Side — Vera retruca. — E, em segundo lugar, nós não usamos isso. Essa merda é *tóxica*. Se não te matar de cara, logo na primeira vez, o que pode muito bem acontecer, dá um barato de dez segundos que te transforma num vegetal espumante e rudimentar. Qual é a graça nisso? Além do mais, é ridículo. Não quero ter que ir até uma papelaria para conseguir a próxima dose.

Trinity começa a responder, mas eu a interrompo.

— Eu não uso *dusting*. Não uso praticamente nada do que vocês acabaram de listar. A única razão de eu estar aqui é porque minha madrasta é uma vadia que não queria mais me aturar.

As três trocam um olhar antes de explodir em gargalhadas zombeteiras.

— *O quê?*

— Essa é uma conversa *clássica* de primeiro dia — Vera afirma, recostando-se na cadeira e rindo como se relinchasse. — *O mundo inteiro está contra mim e eu não fiz nada de errado!*

Estou prestes a desviar o foco para Vera e lhe perguntar o que *ela* fez para estar aqui, mas então ela estende a mão para afastar uma mecha de cabelo preto do rosto e vejo os montículos brancos e estriados de cicatrizes no lado interno do seu pulso delicado e outras cicatrizes, menores, mas numerosas, em seu antebraço fino, metódicas e autoinfligidas. Então, sinto uma espécie de satisfação sombria, porque meus segredos estão todos interiorizados, o que significa que posso guardá-los o tempo que quiser.

10

Na minha segunda noite, acordo com um trovão. Lá fora, a chuva cai com força, silvando contra a muralha de árvores que cercam a escola. Estou deitada de costas, ouvindo esse som e a respiração regular e baixa de Madison na cama superior do beliche.

Por fim, me levanto, sinto meus pés frios nos ladrilhos rangentes e ando na ponta dos pés até a janela. Tento abri-la, mas ela sobe apenas alguns centímetros antes de travar, para impedir que alguém tente entrar ou sair, acho.

Mas não estou tentando fugir.

Só estou tentando sentir a chuva no rosto, aquela sensação de dentro e de fora, do jeito que costumava sentir quando era criança.

Quando eu tinha cinco anos, meu pai me comprou uma cama de princesa, com dossel e tudo. O tipo de presente generoso que um viúvo dá para uma filha órfã de mãe. Ele a instalou bem debaixo da janela do meu quarto. Eu costumava ficar deitada ali à noite com os cobertores puxados até o queixo, sentindo a chuva noturna borrifando através da tela, umedecendo meu rosto. E quando ficava muito frio ou muito úmido, eu fechava a janela e me enfiava sob os cobertores, dominada por aquela deliciosa sensação de segurança, com o barulho da chuva lá fora, um telhado resistente sobre minha cabeça e meu pai vivo e roncando do outro lado do corredor.

Quando fiquei mais velha, aquela janela se tornou minha passagem para a noite, meu portal para sair escondida, porque não queria mais ficar segura. Já não era suficiente apenas provar a chuva; eu queria sentir a água em todo o meu corpo.

Meu pai, achando que poderia resolver o problema acabando

com a minha privacidade, pegou a chave inglesa e tirou a porta do meu quarto das dobradiças. E, de certa forma, sua tática funcionou. Eu parei de sair de fininho.

Em vez disso, simplesmente comecei a sair direto pela porta da frente, bem na frente deles, sempre que eu queria. O que não era nada bom, mas ainda parecia uma vitória.

11

A partir de hoje, e até eu sair daqui, serei obrigada a me encontrar com a dra. Vivian St. John por uma hora toda segunda e quarta-feira à tarde. Ela me conta, na minha primeira consulta em seu minúsculo consultório nos fundos do prédio da administração, que nasceu e foi criada aqui em Onamia. Ela diz que é meio branca, meio ojíbua; em seguida, aponta para um riacho — tão próximo que posso ouvir seu borbulhar mesmo com a janela fechada — e conta que o povo do seu pai viveu nas terras da escola por mais de cinco séculos.

— Bem, sem querer ofender o povo do seu pai, mas esse lugar é uma merda — digo.

— A maioria das nossas garotas pensa assim, pelo menos no início — ela responde.

Vivian ainda tem cabelo preto, uma pele boa e covinhas profundas no meio das bochechas. Pode-se dizer que ela era bonita antes de envelhecer.

— Aposto que você tem um monte de perguntas para mim — ela afirma.

— Na verdade, só uma. Quando diabos eu vou sair daqui?

— O mais importante aqui é a jornada, Mia, e não o destino.

— Certo. Acho que li isso uma vez num pôster decorativo. Foi no setor de decoração para casa de uma loja de departamentos, bem ao lado das placas de Viva, Ria, Ame.

— Sabe, Mia, seus sentimentos de raiva são perfeitamente normais. Eu ficaria mais preocupada se você *não estivesse* furiosa com seus pais por mandá-la para Red Oak. É uma decisão drástica e difícil de aceitar. Mas, para a maioria das garotas, essa raiva desaparece com o tempo e...

— Deixe-me adivinhar... A lavagem cerebral começa e, dois anos depois, você vai me mandar de volta para casa, normal, feliz e emocionalmente lobotomizada?

— Hah! Não direi que Red Oak é perfeita. Podemos ter removido à força seu *piercing* da língua, Mia, mas não vamos remover à força seu córtex pré-frontal. Mesmo se *fôssemos* um centro médico, o que não somos, a lobotomia não é realizada nos Estados Unidos desde os anos 1970. E graças a Deus por isso, porque o procedimento é o mais próximo que os seres humanos já chegaram do assassinato cirúrgico da alma. E, sem surpresa, a grande maioria delas foi realizada em mulheres. Veja, mesmo que tenhamos melhorado em relação a isso, nossa sociedade nunca soube como lidar com uma mulher que se recusa a andar na linha. Em parte, é por isso que existem escolas como Red Oak.

Eu afundo na poltrona. Fiquei imaginando que tipo de terapeuta Vivian seria, e agora eu sei: o tipo que adora se ouvir falar.

— Agora, em termos de nossa capacidade de tornar você "normal"... Bem, como a ideia de normalidade varia muito de cultura para cultura e de pessoa para pessoa, não há referência real que possa ser útil. Assim, em certo sentido, todo mundo é normal e ninguém é normal. Quanto à felicidade, de todas as coisas que a cultura ocidental se equivocou, a obsessão com a felicidade pode ser a mais tola. Tentar ensinar alguém a ser feliz é tão eficaz quanto tentar cortar água com uma tesoura.

— Achei que não podíamos ter tesouras aqui.

— Fico feliz em saber que você leu o manual escolar. Seu pai me disse que você gosta de ler — Vivian diz e dá uma batidinha em seu caderno com a caneta. — Qual é o seu romance favorito?

— *Moby Dick*.

— Nossa! Esse é dos grandes! — Vivian exclama e, surpresa, arqueia uma sobrancelha para mim. — Você está dizendo isso para me impressionar?

— Por que eu tentaria impressioná-la se não estou nem aí para você?

Meu insulto a alcança sem provocar nem mesmo uma contração nela.

— O que você mais gosta em *Moby Dick*?

— Você já leu?

— Não. Passei meus anos de escola lendo só homens brancos mortos. Agora eu leio o que quero.

— Bem, Melville era um gênio. Ele com certeza tinha algumas opiniões sobre brancura.

— É mesmo?

Espero que ela me teste agora, que me pergunte quais são algumas dessas opiniões para eu dar início a uma longa dissertação sobre a brancura da baleia, que vai impressioná-la e fazê-la se sentir intelectualmente inferior. Mas, em vez disso, ela muda completamente o assunto da conversa.

— Você já leu alguma coisa de literatura indígena? Louise Erdrich? Tommy Orange? Layli Long Soldier? Joy Harjo?

Não respondo. Não vou lhe dar a satisfação de saber que não li esses autores. Se ela acha que isso me torna uma ignorante, é problema dela.

— Temos uma biblioteca na escola, logo atrás do dormitório Conifer House. É pequena, mas maravilhosa. Você já teve a oportunidade de dar uma olhada?

— Você quer dizer entre as conversas em grupo, as tarefas, as aulas e o apagar das luzes obrigatório às nove da noite? Não, não tive.

— Bem, da próxima vez que você tiver algum tempo livre, acho que você ia gostar de lá. A biblioteca está sempre destrancada, mesmo à noite. Como uma igreja. É o único lugar da escola, além das trilhas para caminhada, que você pode ir sem permissão durante as horas destinadas ao relaxamento construtivo.

Isso me interessa. Um pouco. Mas essa mulher espera mesmo que eu demonstre entusiasmo com a perspectiva de poder ficar sentada sozinha em uma biblioteca? Eu, que já fui detentora orgulhosa de uma identidade falsa tão autêntica que funcionava em todos os lugares, não só nas detestáveis lojas de bebidas de esquina, mas também na porra do supermercado? A minha vida agora é tão patética assim? Então, em desdém, dou de ombros e olho pela janela para o riacho em movimento.

***

Só quarenta minutos depois, quando estou saindo da nossa sessão, em que os dois tópicos principais foram literatura e lobotomia, percebo que Vivian não me fez nenhuma pergunta sobre meu pai ou Alanna, Xander ou meus outros namorados, minhas notas baixas, minhas bebedeiras, meu consumo de drogas ou *o que aconteceu com a minha mãe*. Pergunto-me se Vivian está tentando dar uma de *Gênio indomável* para cima de mim ou se ela é simplesmente burra. Fico com a segunda hipótese. E daí que ela tem um diploma de doutorado de alguma faculdade chique da costa leste pendurado na parede? Eu também poderia facilmente entrar em uma Harvard ou Yale da vida se pudesse ter a chance de voltar ao primeiro ano do ensino médio e fazer tudo diferente.

12

Todas as minhas aulas aqui, exceto inglês, são estudos independentes. Isso significa que você entra em uma sala de aula e se senta diante de um computador que está programado para bloquear qualquer site que não seja parte do seu currículo de ensino a distância personalizado. A aula de matemática é a única matéria em que todas as garotas do meu dormitório — chamado de Birchwood House — estão juntas. Então, não é difícil saber em que lugar vou me sentar.

Na sexta-feira, o último dia da minha primeira semana, Vera e eu estamos mais fofocando do que resolvendo problemas. Enquanto isso, do outro lado da sala, a srta. Gina esquadrinha com os olhos semicerrados o computador principal, fingindo que confere o nosso trabalho. Na verdade, nós sabemos que ela está navegando pelas redes sociais.

— Então você é de Manhattan — digo para Vera. — Isso significa que você é rica?

— Ah, então você ainda não ouviu minha piada?

—Não, acho.

— Qual é a diferença entre uma adolescente problemática e uma jovem em risco?

— Não faço a menor ideia.

— Dinheiro — Vera diz, ri e responde errado seu exercício de pré-cálculo.

O computador emite um bipe para ela, e Vera mostra o dedo do meio para ele.

— Mas, falando sério, como minha família poderia se dar ao luxo de me manter neste lugar por dois anos, e sei lá por quanto tempo mais, se não fosse terrivelmente rica? É meio constrangedor, na verdade.

Tenho tantos privilégios que, se eu *tentasse* verificar, ocuparia toda a parte traseira de um avião. Meu pai vem da realeza petrolífera do Bahrein. Minha mãe é uma protótipica branca cristã de Connecticut. A bisavó dela era britânica. Tipo da alta sociedade. Olha isso — Vera diz.

Então, se inclina e enfia a mão no bolso da frente da sua mochila de plástico transparente. Ela me entrega um relógio de bolso antigo, com o mostrador de um lado e uma bússola do outro. Parece feito de ouro maciço e é incrustado com vários tipos de desenhos florais serpenteantes.

— Esse relógio era dela. Os dois sobreviveram ao naufrágio do *Titanic*.

— Caramba — digo e reviro o relógio em minhas mãos. É tão pesado e frio como uma pedra recém-tirada do mar. — Então, ela foi uma das poucas pessoas que conseguiu embarcar em um bote salva-vidas?

— Você está me zoando? Claro que Imogen Swift conseguiu um lugar em um bote salva-vidas. Ela e seus amigos foram enrolados em cobertores de pele e receberam taças de champanhe, enquanto, ao redor deles, os passageiros da terceira classe se debatiam e congelavam no Atlântico Norte.

— Meninas — a srta. Gina chama, levantando os olhos do que presumo ser algum tipo de meme de gato. — É melhor que vocês estejam discutindo sobre funções exponenciais.

— Só estou mostrando para ela a fórmula de crescimento e decaimento exponencial — respondo, fingindo digitar algo no teclado de Vera. — Veja, Vera, *y igual a(1-r) elevado à potência de x.*

A srta. Gina, que já sei que é uma preguiçosa e não se importa de verdade com o que estamos fazendo, desde que o façamos em silêncio, ainda mais em uma sexta-feira, retorna à navegação.

— Eu me consolo com o fato de que não morrer no *Titanic* pareceu ferrar minha tataravó Imoge — Vera continua com a voz baixa. — Pelo visto, ela não era *totalmente* desalmada. Foi para Nova York e se casou com um cara aristocrata quando chegou lá, mas pelo resto da vida ela sofreu de "ataques de nervos", como chamavam naquela época. O que provavelmente é uma explicação tão boa quanto qualquer outra de como herdei *meus* problemas. Eles foram passados para mim por uma esnobe de espartilho que tomava seu champanhe e flutuava no oceano, enquanto, ao redor, crianças irlandesas se afogavam gritando por suas mães.

Por um momento, penso sobre isso enquanto respondo a um problema de palavras.

— Então o que você está dizendo? Esse trauma é hereditário?

— Claro que é! Viver com extrema culpa ou trauma, essa merda te altera em um nível celular. Pode ser sofrido por nossos ancestrais e depois nos contagiar, tão hereditário quanto dedo do pé em martelo ou problema cardíaco.

— E *isso* é só mais uma razão pela qual os descendentes de escravos deveriam ter direito a reparações — Trin se intromete na conversa.

— O que são reparações?

— *Cale a boca, Madison!*

Todas nós gritamos em uníssono, seguido por uma explosão de risadas, motivo pelo qual somos punidas com meia hora extra de lição de casa.

13

Naquela noite, durante o relaxamento construtivo, decido que preciso dar um tempo de todas as minhas novas colegas de classe, com seus bate-bocas, seus dramas, suas necessidades vorazes de atenção. Depois que termino minha lição de casa, sigo o conselho de Vivian e vou até a biblioteca. O prédio não passa de uma pequena cabana de madeira em forma de A bem no limite do terreno da escola, com duas janelas dianteiras estreitas e uma porta pintada de vermelho, que, como ela prometeu, está destrancada.

Lá dentro está totalmente silencioso, exceto pela chuva de outono batendo nas duas amplas claraboias no alto. Partículas de poeira rodopiam no ar cheirando a livro. Está agradável e seco e, melhor de tudo, a maioria das garotas está jogando Uno em um torneio entre os dormitórios.[13] Então, não tem ninguém aqui além de mim.

Numa extremidade da cabana, em uma lareira de mármore preto, o fogo está baixo, mas constante. Penso nas garotas piromaníacas que frequentam essa escola e me pergunto por que Mary Pat flertaria com o desastre dessa maneira. Porém, quando chego mais perto, percebo que o fogo é apenas uma pequena TV plana instalada dentro da lareira, cuja tela fica exibindo um ciclo infinito de chama computadorizada. O que é bem típico dos adultos: eles gostam de passar a ideia de que confiam em você, mas quando se chega mais perto, é apenas uma ilusão.

Mesmo assim, é aconchegante aqui dentro, com o estalar e suspirar dos aquecedores ao longo dos rodapés. Caminho entre os

---

13. Aparentemente, isso é o que constitui uma noite de sexta-feira selvagem neste lugar.

corredores estreitos das estantes, enquanto passo meus dedos pelas lombadas dos livros, examinando os títulos. Um nome me chama a atenção porque me lembro de Vivian mencioná-lo em nossa primeira sessão: Joy Harpo. Tiro o livro da estante e observo a capa. Poesia. Não é a minha praia. Sempre parece tão presunçosa e narcisista: *Olhe para as minhas maravilhosas palavras com todos os seus significados profundos e indecifráveis!* Gosto de romances. Quanto maior, melhor. Daí o meu amor por *Moby Dick*. Longo o suficiente para eu me perder. Mas acho que vou dar uma chance à velha Joy, em consideração a Vivian, porque sempre gostei de fazer coisas legais para as pessoas de um jeito que elas não sabem e nunca vão ver. Descalço meus sapatos molhados, me sento em uma das duas poltronas de veludo rangentes ao lado do fogo falso da lareira, abro o livro em um poema aleatório e começo a ler.

Ah, ah, bate o urgente mar da enseada nadando pelo embarcadouro[14]

E embora não seja minha intenção, estou pensando nela de novo, a pessoa mais e menos importante da minha vida: minha mãe, que foi enterrada em uma enseada do mar.

Bem, na realidade, em um recife na Flórida. A água ali era rasa e plácida, e cuspiu o corpo inchado dela de volta a terra firme quatro dias depois de Roddie o colocar ali. Eu tinha três anos, então, é claro que ninguém me disse nada sobre isso. Tudo o que me disseram foi que eu não veria mais minha mãe porque ela estava no céu. Não éramos uma família religiosa e, por isso, eu não tinha a menor ideia do que aquilo significava. Ainda não tenho.

Ah, ah, golpeia nossos pulmões e corremos para as ondas.

---

14. *Ah, ah slaps the urgent cove of ocean swimming through the slips* e *Ah, ah beats our lungs and we are racing into the waves*, no original. "Ah, Ah", de Joy Harjo, em *How We Became Human: New and Selected Poems: 1975-2001*.

Não havia água em seus pulmões, de acordo com o laudo da autópsia que achei quando tinha catorze anos e me tornei superboa no Google. O que significa que ela estava morta quando foi jogada. Ela foi afogada antes de se afogar, e passei muitas horas mórbidas depois de ler aquele laudo investigando como é exatamente ser estrangulada até a morte. Se Roddie comprimiu as artérias carótidas da minha mãe, ela teria perdido os sentidos e morrido rápido. Mas se ele pressionou sua traqueia, a morte teria sido longa e tortuosa, e ela teria ficado acordada. Você sabia que se seu agressor usar as próprias mãos, como Roddie usou, pode levar até cinco minutos para você morrer? Cinco minutos. Na minha antiga escola do ensino médio, cinco minutos de literatura britânica do sr. G poderiam parecer mil anos. Assim, mesmo que eu tenha tentado, não consigo imaginar a sensação de cinco minutos de pressão implacável em suas vias respiratórias, com seu cérebro clamando por oxigênio, e o tempo todo enquanto você chuta, briga e se debate em uma luta perdida por sua vida, o rosto do seu assassino — o homem que você achou que amava o suficiente para fugir e abandonar o marido e a filha — paira sobre você. É por isso que, sempre que professores, orientadores, terapeutas e qualquer pessoa tenta me pregar sermões sobre como más escolhas têm consequências, sempre solto uma risada. Quem sabe disso melhor do que eu? Minha mãe fez uma má escolha quando decidiu explodir a família e fugir com um canalha que conheceu em uma conferência do setor imobiliário. E, porra, isso sempre teve uma consequência.

Fecho o livro de Joy Harjo e penso sobre a teoria de Vera de sofrimento hereditário, de como a dor é transmitida como um gene com mutação de uma geração para a seguinte.

Se for verdade, então estou fodida.

14

— Então, você sobreviveu à sua primeira semana. Como foi até agora? — Vivian pergunta.

— Bem, vejamos — respondo, sentada em posição de lótus na grande poltrona de couro do seu consultório. Tiro um resto de granola seca do café da manhã que está grudado na minha *legging*. — Eu odeio meu pai e minha madrasta. Quero um lanche do McDonald's e uma xícara de café. Quero olhar o Instagram. Quero olhar para um humano masculino. Nem sequer tocar num, necessariamente. Apenas *olhar* para um.

— Pelo lado positivo, soube que você está se saindo muito bem nas aulas.

— São estudos independentes. Não é difícil. Você simplesmente se senta diante de um computador e responde a perguntas práticas.

— Se você ficar entediada, talvez você possa dar aulas particulares para algumas das outras garotas. Ouvi dizer que você é um gênio em álgebra.

— Eu não dou aulas particulares. Os professores são pagos para isso.

— Você sabia que "álgebra" vem de uma palavra árabe?

— Não, não sabia.

— *Al-jabr*. Significa "reunião de partes quebradas".

— Ah, entendi. Você está buscando profundidade hoje. Eu, a garota quebrada, encontro consolo em uma matéria que reúne as partes quebradas.

— Só estou contando para você de onde vem o significado da palavra. A etimologia me interessa. Você fica sempre tão na defensiva?

— Bastante.

— Bem, parece que você fez algumas amigas — Vivian diz, tentando uma abordagem diferente. — Já vi você por aí muitas vezes com Vera e Trinity. Madison também.

— Sim — afirmo e olho pela janela. Tem chovido bastante, uma garoa fria e constante que, as garotas me dizem, deve se transformar em neve a qualquer momento. — Vera e Trinity são muito legais. Madison é... Tolerável.

— Me fale de suas amizades em Chicago. Como eram?

— Não tinha amigos em Chicago.

— Sério? Nenhum?

— Eu tinha *pessoas*, claro. Meu celular estava sempre tocando, vibrando e apitando. Traficantes, P.A.s, garotas grudentas, esse tipo de gente. Mas eu não tinha amigos de verdade. Éramos apenas pessoas, geralmente disponíveis umas para as outras para se meter em alguma merda. Isso era bom o suficiente para mim.

— Era?

— Uhum.

Vivian me lança aquele olhar característico de terapeuta de "me conte mais". Reviro os olhos.

— Não é que eu não quisesse ter amigos — digo, finalmente. — Mas eu também gostava de olhar para as pessoas em termos de: o que poderíamos fazer uns pelos outros. Não havia confusão, nem zonas cinzentas, nem compromissos. Se isso faz sentido.

— Sim, faz, mas preciso dizer que parece muito clínico para mim.

— Talvez, mas pelo menos éramos reais entre nós. Não suporto falsidade.

— Você valoriza a honestidade.

— Sim.

— Você diria que a honestidade é um dos seus valores fundamentais?

— Se eu fosse o tipo de pessoa que usasse jargão irritante de terapia, então sim, eu diria isso. Com certeza.

— E ainda assim você mentiu para seus pais muitas vezes.

— Não são meus pais. Meu pai e minha madrasta.

Vivian ergue uma sobrancelha e anota algo em seu caderno.

— E, de qualquer forma, você está errada. Eu *costumava* mentir para meu pai e Alanna o tempo todo. Mas parei com tudo isso há alguns meses.

— Por quê?

— Foi no dia em que meu pai tirou a porta do meu quarto das dobradiças para me impedir de sair escondida. Ele achou que estava sendo um cara fodão, sabe? Que realmente estava ditando as regras. Mas foi tão idiota! Eu pensei: *É isso que você acha que vai me controlar?*

— Você acha que ele estava tentando controlá-la? Ou tentando protegê-la?

— O que importa? Toda vez que eu via minha porta encostada na parede da garagem, eu sentia pena dele. Percebia que meu pai era apenas uma pessoa. Mais velha do que eu, claro, e com mais dinheiro. Mas não mais poderosa. E não havia nada que ele ou qualquer outra pessoa pudesse fazer para me impedir de fazer o que eu quisesse.

— Até que eles mandaram você para cá.

— Sim. Até que me mandaram para cá. Mas não me mandaram para cá por causa de todas as mentiras que contei. Eles me mandaram para cá porque eu *parei* de mentir.

— Essa é uma abordagem interessante. Me conte mais.

— É como você disse na semana passada. Nossa sociedade ainda não descobriu como lidar com mulheres difíceis. Principalmente jovens mulheres difíceis. E o pior de tudo, meu pai e a Alanna ficaram putos por eu ter destruído a ilusão de que nós tínhamos um acordo, de que eu faria a gentileza de me esforçar minimamente para fingir que não era uma fodida e eles fariam a gentileza de fingir minimamente que acreditavam em mim. Mas quando parei de mentir para eles, eles não podiam mais fingir. Então, em vez disso, me mandaram para cá. O soco que dei em Alanna foi apenas a desculpa que estavam esperando.

— Essa é uma perspectiva muito interessante, Mia.

— Você sabe o que eu percebi, Vivian?

— O quê?

— Que quando você me diz que o que eu digo é interessante, o que você quer mesmo dizer é que eu tenho razão.

15

É terça-feira à tarde e ainda não parou de chover. Esqueci o caderno de história no meu quarto. Por isso, a srta. Jones me dá uma licença de cinco minutos para ir até lá pegá-lo. Atravesso correndo o pátio encharcado e deserto, passo meu cartão-chave na porta da frente e entro no Birchwood House no exato momento em que um relâmpago corta o céu. Mary Pat não gosta de inatividade, portanto, o prédio está totalmente deserto. Ou pelo menos é o que eu acho até entrar no meu quarto e saltar para trás, com um grito estrangulado criando potência no meio do meu peito.

Ali, colocada impecavelmente no meio da nossa escrivaninha, com o rosto voltado para a janela como se estivesse contemplando os carvalhos, está uma cabeça decapitada, coroada com cachos loiros sedosos.

Colido contra o batente da porta e tento fazer minhas respirações, mas não estão funcionando. Sinto um uivo pressionar meu corpo, abrindo caminho até minha garganta...

— *Mia!*

Uma pessoa, com a forma de Madison, mas que não é Madison, grita da cama superior do beliche.

— Pare, Mia! O que foi?

A não-Madison está falando com a voz de Madison.

Como não consigo verbalizar, só aponto com um único dedo trêmulo para a cabeça esquartejada.

A não-Madison salta da cama superior do beliche e acende a luminária da escrivaninha.

— Quem...

— Sou eu — ela diz, vindo em minha direção e quebrando na cara dura a Regra dos Quinze Centímetros ao agarrar minhas mãos. — Estou com cólicas muito fortes e Swizzie já estava dormindo na enfermaria porque pegou estreptococo. Então, a enfermeira Melanie me deu permissão para vir me deitar no nosso quarto antes do almoço. Ei, sou *eu*.

Eu olho para o rosto dela: é o rosto de Madison, usando os óculos de Madison, mas seu cabelo é ralo, castanho-acinzentado e sem mechas gigantes. O contorno do couro cabeludo começa no topo da cabeça e a testa é um longo arco, liso como um ovo.

— Essa é só minha *peruca*.

Desvio o olhar do rosto dela para a pilha de cachos loiros sobre a mesa. Ela estende a mão e vira a cabeça esquartejada para que fique de frente para mim. Agora vejo que o cabelo foi escovado com cuidado e arrumado ao redor de um isopor oval vazio.

— Você é... — balbucio, olhando-a e afasto minhas mãos. — Você é careca?

— Em alguns lugares — ela responde e passa a mão timidamente pela testa escancarada.

— Você tem câncer?

— Hah, talvez se eu tivesse câncer, as pessoas teriam alguma *empatia*, em vez de achar que sou uma aberração. — Madison sorri melancolicamente e se aproxima para acariciar os fios sedosos da sua peruca como se fosse algum tipo de animal de estimação querido. — Você já ouviu falar de tricotilomania?

Faço que não com a cabeça.

— É CRFC, um comportamento repetitivo focado no corpo. Mais ou menos como roer as unhas, só que menos aceitável socialmente. Eu arranco meu cabelo quando estou estressada.

— Madison! — exclamo. Sei que estou olhando-a embasbacada, mas não consigo evitar. Sem seus cachos loiros, ela parece muito indefesa, muito *danificada*. — Você deve estar *muito* estressada.

— Ah, isso não é nada! Está muito melhor do que quando cheguei aqui. Pelo menos aprendi a deixar minhas sobrancelhas em paz.

E meus cílios inferiores. Os superiores são mais complicados. Eles são tão *agradáveis* de arrancar, sabe? Tenho todo esse ritual de arrancá-los e, depois, alinhá-los no meu pulso e ver quanto tempo eles ficam ali sem cair. Isso parece estranho?

— Por favor, não me faça responder a essa pergunta.

— Bem, a tricotilomania é muito mais comum do que você pensa. Seja como for, estou melhorando. Meus pais, Mary Pat e Carolyn têm um acordo: assim que tudo começar a crescer de novo, até o último fio, posso voltar para casa. Mary Pat acha que, contanto que eu não regrida, estarei fora daqui na primavera. A tempo do baile dos alunos do penúltimo ano, se eu conseguir encontrar alguém patético o suficiente para me levar!

Antes que eu consiga me conter, estendo o braço e passo a mão na cabeça dela. Nos lugares onde arrancou o cabelo, a pele é delicada e macia, como a de um recém-nascido. É difícil acreditar que já houve crescimento capilar ali.

— Puta merda, Madison.

— Não! Quinze centímetros! — ela diz e se esquiva do meu toque, com o rosto contorcido em uma careta. — Por que você não julga Trinity? Ela usava unhas de acrílico desde a quinta série até que a enfermeira Melanie as tirou na admissão. Essas unhas não são como se fossem perucas para os dedos? Ninguém acha que Trinity é uma aberração.

— Ah, relaxe — digo, desabando na minha cama. — Não acho que você é uma aberração. Você me assustou, só isso... Achei que alguém tivesse matado você.

Por um momento, Madison faz uma pausa.

— Você achou que eu estava morta?

— Sim, está escuro aqui dentro, essa escola é cheia de lunáticas com um passado secreto, e a porra do seu dublê de cabeça está sentada ali na nossa escrivaninha!

— Nossa, você ficou mesmo chateada, hein? — Madison diz e se senta ao meu lado.

— Bem, *sim*.

— Você gosta de mim — Madison diz e dá um sorriso torto.

— Se o seu padrão de gostar de alguém é *não* querer que a pessoa seja violentamente assassinada e esquartejada, então sim, Madison, acho que gosto de você.

— Bem, eu também gosto de você, Mia — Madison afirma.

O sorriso dela se alarga com tanta sinceridade que preciso desviar o olhar. Madison se estica para me abraçar e eu tento afastar seu braço, mas ela está *aqui* para esse abraço, e teima e enlaça seus braços ao meu redor.

Não vou admitir isto a ninguém: é bem bom.

16

Trinity tem uma caixa enorme de materiais para unhas e, durante o relaxamento construtivo da sexta-feira da minha segunda semana, Vera a pega emprestada e me convida a ir ao seu quarto para fazer os pés sob a supervisão de Dee, que está sentada na cadeira da escrivaninha de Vera, navegando em seu celular enquanto come ruidosamente uma maçã. Ainda tenho um pouco de esmalte vermelho lascado nas unhas dos pés que restou do verão, mas ao vasculhar a caixa, não consigo encontrar nenhum removedor de *esmalte.*

— Substância proibida — Dee vocifera, levantando os olhos brevemente da tela para me encarar. — Você não leu seu manual?

— Isso é uma idiotice. Como vou tirar esse vermelho das unhas dos meus pés?

— O removedor de esmalte contém álcool — Vera diz, enquanto agita um frasco de esmalte orgânico preto.[15] — As garotas podem tentar beber.

— Que tipo de psicopata beberia removedor de esmalte?

— Já provei algumas vezes — Soleil diz.

A companheira de quarto de Vera é uma loira viciada de Los Angeles, com olhos evasivos e que confecciona as próprias roupas,

---

15. Seção 8.5 do manual de alunas da Academia Red Oak: Cuidados pessoais — Cosméticos: entre os itens de cuidados pessoais proibidos, incluem-se, entre outros: perfume, spray para cabelo, desodorante, delineador líquido, creme depilatório, óleo para bebê, navalha, lâmina de barbear descartável, tesoura para unhas, pinça, cotonete, creme dental branqueador, água oxigenada, estojo de maquiagem com espelho e antisséptico bucal.

ou costumava confeccionar, antes de vir para cá e perder o acesso a agulhas, tanto do tipo de costura quando do tipo injetável. Quando alguém faz uma pergunta a ela, Soleil leva tanto tempo para responder que, quando a conheci, achei que ela tivesse de alguma forma contrabandeado qualquer coisa comestível ou algo assim.

— Você está falado sério? Você bebeu removedor de esmalte?

— Sim.

— Qual é o gosto?

Soleil fixa seu olhar sem energia em mim por tanto tempo que quase repito a minha pergunta.

— Pior do que antisséptico bucal e melhor do que pruno.[16]

Dee deixa escapar um grunhido de nojo e volta a prestar atenção ao celular.

— Ah, meu Deus, Soleil! — Vera exclama, começando a rir. — Podem dizer o que quiser de mim, mas, na minha opinião, você é facilmente a vadia mais doida de Red Oak.

Soleil dá um sorriso preguiçoso. Na minha primeira noite, Madison a apontou para mim, enquanto ela escovava os dentes com um ar sonhador em uma das pias do banheiro coletivo, e me disse que o pai dela era um importante produtor musical, do tipo cujo nome você não reconhece, mas que é responsável por metade das produções da lista dos top 40 musicais. Soleil cresceu em um palácio de vidro em Hollywood Hills, com uma piscina de borda infinita alimentada diretamente pelo Oceano Pacífico. Antes de vir para cá, frequentou a famosa escola em que todas as Kardashian estudavam. Com sua boa

---

16. Também conhecido como vinho de prisão, o pruno é uma bebida alcoólica caseira feita com pacotes de ketchup e frutas podres fermentadas. Ao que tudo indica, as garotas costumavam fazê-lo aqui contrabandeando os ingredientes do refeitório e preparando-o debaixo das camas. É por isso que nossos bolsos têm que ser costurados e é também por isso que, se você for o tipo de garota que gosta de condimentos, é melhor aprender a gostar de batatas fritas com maionese durante sua permanência em Red Oak.

aparência de heroína chique e sua *vibe* de *bad girl* e rica herdeira, me ocorre que Soleil e Xander provavelmente formariam um casal incrível. Eu me pergunto o quanto ela sabe a respeito de vinhos de Bordeaux raros.

— Sabe, Mia, Soleil e eu temos essa rivalidade entre costa leste e costa oeste. Ela é Tupac e eu sou Biggie* — Vera diz franzindo a testa em concentração para passar o esmalte preto brilhante nas unhas dos pés.

— Não faça essa comparação, baby — Soleil arrasta a fala, se esticando de sua posição com as pernas cruzadas em lótus. — Somos brancas e isso é apropriação cultural.

— Em primeiro lugar, *você* é branca. *Eu* sou árabe — Vera afirma, passando a fazer o outro pé.

— Metade árabe.

— Ainda assim, não é a mesma coisa. Em segundo lugar, *você é uma branca com dreadlocks*. Assim, você não pode acusar as pessoas de apropriação cultural.

Soleil funga, descruza as pernas e deita de volta na sua cama de baixo do beliche com as mãos entrelaçadas atrás da cabeça.

— E, em terceiro lugar, *somos* como Pac e Biggie, não racialmente, não culturalmente, mas só porque tenho certeza de que nenhuma de nós vai viver muito além dos vinte e cinco anos.

— Vera! — exclamo e levanto os olhos das minhas unhas dos pés, que pintei de vermelho para combinar com a camada lascada de baixo. — Que morbidez.

— Realmente — Dee concorda.

— O quê? É verdade!

Soleil olha para mim com seus grandes olhos azuis da Califórnia e acena com a cabeça tristemente em concordância.

— Olha, eu sei que Mary Pat faz de tudo para tentar diferenciar Red Oak de prisões ou clínicas de reabilitação de dependentes quí-

---

*Rappers estado-unidenses que morreram com 24 e 25 anos, respectivamente. (N. T.)

micos, mas o fato é que temos quase as mesmas taxas de reincidência que esses lugares — Vera afirma. — Não é verdade, Dee?

— Me deixe fora disso — Dee responde e tira um pedaço de casca de maçã preso entre os dentes. — Sou apenas parte da máquina.

— Bem, *é* verdade, o.k.? Quando as garotas saem daqui, a grande maioria volta a cair nas mesmas loucuras que as trouxeram para cá. Pode levar uma semana, pode levar um ano, mas as probabilidades estão contra nós. Basta olhar para as três garotas que vieram para Red Oak no mesmo mês que eu. Todas amadureceram[17] no ano passado. E hoje? Jackie é uma *stripper*, Olivia é uma drogada e a pobre Makayla morreu.

— Pare de fofocar — Dee diz e boceja. — Eu poderia delatar você por isso.

Isso provoca um breve momento de silêncio da nossa parte. Me concentro em terminar minhas unhas. Penso em perguntar como Makayla morreu, mas não quero ser delatada e também não tenho certeza se quero mesmo saber.

— Então, mas quando *eu* sair, não quero andar com a mesma turma de sempre, voltar para as drogas pesadas e tudo mais... — Soleil enfim diz. — Vou tentar não fazer isso. Juro que vou. Mas ainda pode acontecer. E se acontecer, vai ser uma merda. Porque eu realmente não quero morrer — ela continua, dá de ombros e reprime um bocejo. — Mas é provável que eu morra. O que se pode fazer?

— Sim — Vera concorda baixo. — O que se pode fazer?

— Bem, muito, não? — Dee pergunta, olhando incredulamente para elas.

Todas nós caímos na gargalhada, porque uma das coisas sobre o mundo lá fora que você sente falta em um lugar como esse é a chance de chocar as pessoas. Mais tarde, porém, ao voltar para o meu quarto

---

17. O amadurecimento é a etapa final na jornada de uma garota de Red Oak. Permanecendo fiel aos ciclos de crescimento metafóricos do carvalho-vermelho, é o termo que a escola utiliza no lugar de "formatura".

apoiando nos calcanhares para não borrar as unhas dos pés, considero que nossa risada não foi suficiente para expulsar o sentimento sombrio que começou a brotar dentro de mim quando Vera mencionou pela primeira vez a questão de morrer jovem.

17

Quando eu estava na oitava série, minha professora, a sra. Jones, uma idosa estressada, mas bem-intencionada, me convocou para entrar no clube de estudiosos de matemática. Que envolvia reuniões semanais, maratonas de problema da palavra (não pergunte) e camisetas iguais,[18] culminando em um projeto de pesquisa que precisávamos apresentar em uma competição municipal.

Fiz meu projeto sobre o Clube dos 27: o grupo de músicos famosos que morreram repentina e tragicamente aos vinte e sete anos. Meu objetivo era descobrir se havia uma significância estatística real para o número de pessoas famosas que morriam com essa idade. Meus resultados concluíram, porém, que apenas um por cento das mortes de estrelas do rock ocorria com pessoas de vinte e sete anos desde a década de 1950. Em outras palavras, toda a ideia de vinte e sete ser uma idade de morte mística e maldita era mais um mito cultural do que uma realidade matemática. O que, por mais decepcionante que fosse, não me impediu de conquistar o primeiro lugar e um vale de mil dólares como bolsa de estudos universitária. *Que assunto interessante!* Um dos jurados havia dito enquanto prendia uma fita na blusa florida abominável que Alanna tinha comprado para mim para o evento. *O que fez você escolhê-lo?*

Bem, algumas das pessoas mais legais de todos os tempos morreram nessa idade, respondi com a voz trêmula. *Kurt Cobain. Jimi Hendrix. Kristen Pfaff. Janis Joplin. Amy Winehouse.*

---

18. Com o *slogan* no peito Onde está na moda ser quadrado.

Minha mãe.[19]

Esta noite, estou pensando no Clube dos 27.

Estou pensando que, desde que cheguei a Red Oak, me assegurei inúmeras vezes de que não sou como as outras garotas. Veja, eu sou uma ruim normal e elas são ruins *ruins*. Muito ruins. Ruins do tipo *mentalmente instáveis*. Porém, depois da minha conversa com Vera e Soleil esta noite, percebi que talvez eu não seja tão diferente delas quanto achei a princípio.

Porque eu também sempre tive uma crença secreta de que estou fadada a morrer de repente, tragicamente e muito jovem.

Penso em como minha vida nesses últimos anos tem sido uma espécie de dança ao redor dessa crença, de como tantas das minhas ações foram um desafio para ver se isso é mesmo verdade. Se eu estivesse em casa agora, provavelmente estaria me espremendo em alguma roupa curta e justa, me preparando para sair à noite, tendo aula no dia seguinte ou não. Pegaria meu cigarro eletrônico, estaria com meu cabelo jogado nos ombros em longas ondas, levaria minha identidade falsa e o dinheiro que roubei da carteira da Alanna no bolso da minha jaqueta *cropped* de couro sintético.[20] Sinto falta desse tipo de noite? Na verdade, não, para ser sincera. O que sinto falta é do ritual inicial, de ouvir música no meu quarto: Kesha ou Cardi, Nicki ou Ari, Gaga ou King Woman, os álbuns antigos do Guns N' Roses e do Zeppelin do meu pai, ou os CDS do Hole e do Bikini Kill da minha mãe de quando ela tinha a minha idade. Sinto falta de sentar na beirada da cama enquanto as batidas pulsavam ao meu redor, de puxar as meias-calças pretas pelas minhas pernas recém-depiladas, sentindo meus pés deslizarem frios e macios dentro das minhas botas. Sinto

---

19. É claro que não a mencionei em voz alta. Em primeiro lugar, porque minha mãe era uma corretora de imóveis e não uma estrela do rock, e, em segundo lugar, eu queria ganhar porque era a melhor, e não porque a comissão julgadora sentia pena de mim.

20. Também roubada.

falta de esfumar a sombra, da linha do delineador, do aperto suave do curvador de cílios, do formigamento mentolado do *gloss* deslizando em meus lábios. Sinto falta do primeiro passo para fora de casa, da quietude tomando conta de mim, da minha entrega ao jogo de azar que era a noite.

Há grande poder nisto: a capacidade de sinalizar ao mundo o quanto você não se importa. Os garotos acham isso sexy. As garotas também.

Mas eis a verdade: eu me importava, sim.

Os choques de pânico que me abalavam me diziam isso, sempre que eu percebia que não poderia retomar o controle que havia renunciado. Os momentos em que a diversão se transformava em medo, quando as coisas não pareciam mais um jogo. Como em uma noite do verão passado, quando Eve e eu conhecemos alguns caras no ancoradouro de Montrose Beach. Um deles tinha uma picape, e embarcamos na caçamba e fomos dar uma volta. Tudo estava muito divertido até que o cara que estava dirigindo — cujo nome já esqueci — decidiu pegar a marginal Lake Shore Drive. Logo ele estava acelerando tão rápido ao lado da água que tive que fechar meus olhos para impedir que secassem. O vento vindo do lago fustigava meu rosto. Ele continuava indo cada vez mais rápido. Eve e eu não podíamos fazer nada além de nos agarrar na lateral da caçamba e gritar, sabendo que com uma guinada rápida ou uma freada repentina seríamos arremessadas por sobre a lateral e nos chocaríamos contra o asfalto, como mísseis em forma de garotas.

Mais tarde, quando cheguei em casa, não parava de tremer e não consegui dormir. Ouvi Amy, Janis e Aaliyah,[21] mas descobri que qualquer ideia romântica que tinha tido sobre morrer jovem fora levada pelo vento na Lake Shore Drive.

Isso me assustou, mas não o suficiente para me mudar.

---

21. Aaliyah não era tecnicamente um membro do Clube dos 27, já que tinha apenas vinte e dois anos quando morreu em um acidente aéreo.

Depois, naquele mesmo verão, quase morri de novo. Eu e um pessoal da escola subimos no telhado de um depósito de tapetes em Goose Island para fumar maconha e assistir aos fogos de artifício do Navy Pier. Um garoto chamado Adrian e eu estávamos sentados juntos sobre uma claraboia, passando um baseado de um para o outro, quando o vidro rachou embaixo de nós. Pulamos bem a tempo, um segundo antes de a coisa toda ceder, estraçalhando-se em milhões de pedaços no concreto dez ou doze metros abaixo.

Deitada aqui, agora, sob meu cobertor fino e pinicante, com as árvores mudas balançando do lado de fora, eu estremeço ao lembrar. Por que não morri naquela noite? Ou em tantas outras noites, quando minha sorte poderia ter mudado de direção? É apenas mais um motivo, como se eu precisasse de um, para não acreditar em Deus. Se Deus existisse, por que mataria tantas pessoas boas e decentes na flor da juventude, tantos artistas brilhantes, e decidiria poupar uma merdinha como eu?

18

Por causa do Halloween, recebo pelo correio um cartão de Lauren e Lola. Na capa do papel-cartão dobrado, há o desenho de um fantasma, aquele típico que parece um lençol branco, exceto que esse tem cabelo ondulado preto com pontas lilases e sombra roxa borrada ao redor de olhos pretos circulares. Acho que deve ser meio que o meu fantasma, ou, pelo menos, quem eu era antes de vir para cá e cortarem minhas pontas coloridas e não me deixarem mais usar a maior parte da minha maquiagem.

Leio o que está escrito em letras maiúsculas trêmulas dentro do cartão:

MIA!!! NÓS ESTAMOS COM SAUDADE DE VOCÊ!!! NÓS AMAMOS VOCÊ!!! VOCÊ É BUU-NITA!!!

Também sinto saudades das gêmeas. Também as amo. Também as acho buu-nitas.

Sempre achei.

Lembro-me do verão em que elas nasceram. Foi no verão em que fiz onze anos. Elas nasceram prematuras, seis semanas antes. Eram tão pequenas que tiveram que passar uma semana na maternidade antes de podermos trazê-las para casa. Quando chegaram, dormiam durante a maior parte do tempo. No entanto, choravam sem parar quando estavam acordadas. Eram pequenos gemidos que ecoavam na casa inteira. Elas agitavam suas perninhas enrugadas e fechavam os punhos, e tudo o que eu queria fazer era pegá-las e embalá-las até que dormissem; dois pedacinhos de calor aconchegados ao meu peito.

Não que Alanna me deixasse segurá-las muito. Ou alimentá-las. Ela tinha lido em algum blog que, se as recém-nascidas tomassem fórmula infantil de mamadeira, se tornariam burras quando crescessem. Então, ela as amamentava constantemente, mesmo que isso significasse que ela teria apenas uma hora de sono por noite. Ela chorava ainda mais do que as gêmeas e podia passar dias sem tomar banho ou pentear os cabelos. Naquele verão, sempre que eu voltava para casa do acampamento de futebol, ela estava sentada na sala de estar, com as luzes apagadas, as cortinas fechadas, o ar-condicionado no máximo, a mesma calça de ioga manchada e os peitos de fora, segurando um bebê em cada seio e olhando para a TV sem realmente assistir a qualquer programa.

— O que tem de errado com ela? — eu perguntei ao meu pai certa noite, quando ele me levou para tomar sorvete para que eu não me sentisse abandonada.

— Ter um bebê, quanto mais dois... É uma adaptação difícil — ele respondeu.

— Minha mãe ficou assim quando vocês me trouxeram para casa?

— Você era um bebê muito fácil — ele respondeu, escavando seu sorvete de chocolate com menta. — E só tinha você. Mas, sim, ela também passou por momentos difíceis.

— Passou? Tipo o quê?

— Só coisas normais. Poucas horas de sono. Hormônios. Você sabe.

Mas eu não sabia.

— A coisa com sua mãe era que ela amava ser *sua* mãe — ele disse por fim, cutucando seu sorvete enquanto se recusava explicitamente a olhar para mim. — Mas ela não amava *ser* mãe, se isso faz sentido.

— Tipo... — comecei a falar e o encarei. Sabia que se eu o encarasse, ele finalmente teria que olhar para mim. E logo, ele me olhou. — Na verdade não.

Ele suspirou e abaixou a colher.

— Sua mãe, Mia, era uma mulher complicada. Uma mulher maravilhosa e complicada. Ela tinha uma história difícil e muitos problemas diferentes. Ela achou, nós dois achamos, que talvez ter um bebê pudesse resolver...

Então, ele fez a cara de essa-conversa-está-me-dando-dor-de-cabeça e parou de falar. Quis perguntar a ele o que eu não tinha conseguido resolver para ela e se aquele foi o motivo pelo qual ela nos deixou. Mas ele logo mudou de assunto.

— Você poderia me fazer um favor, querida? Quando você estiver em casa durante as tardes, depois do acampamento, poderia ajudar Alanna com a gêmeas?

— Mas como? Ela nem me deixa segurá-las...

— Então dê uma mão de outras maneiras. Você pode pôr as roupas na máquina, lavar a louça, passar aspirador. Esse tipo de coisa — ele disse, apontou para mim com sua colher e sorriu. — Você sabe o que fazer, não sabe? Você cuidou de mim todos aqueles anos antes de eu conhecê-la, não cuidou?

O que não era verdade, é claro, porque crianças pequenas, mesmo as superdotadas, não estão propriamente à altura da tarefa de cuidar de uma casa. Minha avó fizera a maior parte do trabalho antes de morrer. Mas o que meu pai disse *pareceu* verdade — a lembrança de que nossa história era mais profunda do que a dele e de Alanna, que ainda éramos uma unidade, que sempre seríamos aliados, independentemente de quantos novos bebês ele e Alanna decidissem ter juntos.

Então eu tentei.

Certa manhã, depois que as gêmeas ficaram acordadas a noite toda, voltei do acampamento para casa e encontrei Alanna desmaiada no sofá com as meninas dormindo no berço portátil ao lado dela. Embora eu tivesse tentado entrar sem fazer barulho, Lauren acordou e começou a chorar. Fiquei com medo de que seu choro quebrasse aquele raro momento de paz. Como a casa já estava limpa, decidi que a levaria para passear. Ajustei as alças do canguru nos ombros, do jeito que tinha visto Alanna fazer, e a acomodei dentro. Assim que começamos a nos mover, Lauren imediatamente caiu em um sono profundo, com sua pequena testa apoiada no tecido da minha regata. Andei por toda a vizinhança com ela, acenando para as pessoas que conhecia, bastante orgulhosa de estar cuidando da minha irmãzinha. *Viu?*, queria dizer para Alanna. *Você tinha tanto medo de confiar em mim.*

Fiquei fora por apenas uma hora, mas quando voltei, Alanna estava esperando por mim, andando de um lado para o outro na frente da casa com o celular na mão.

— Onde você estava? — ela perguntou, a voz sufocada pelo esforço de não gritar comigo.

— Só levei Lauren para dar um passeio — respondi. — Ela estava acordada e eu quis deixar você dormir.

— Ela não é uma boneca, Mia. Você não pode levar uma recém-nascida para passear sem contar para ninguém. Sem contar para a *mãe* dela.

— Desculpa — disse, engolindo em seco. Soltei as alças do canguru e entreguei Lauren. — Só estava tentando ajudar.

— Eu sei que você estava — Alanna afirmou, suavizando o tom agora que tinha a prova de que eu não perdera seu bebê ou algo assim. — É só... Me pergunte da próxima vez, tá?

— Tá — respondi e comecei a me encaminhar para a porta de entrada da casa.

— Espere! — Alanna exclamou.

Algo em seu tom me deteve e me virei.

— Você pôs um boné nela? — ela perguntou.

Um boné. Eu lembrei de quase tudo. Quase.

— Por favor, me diga que você pôs um boné nela.

— Só estávamos...

— Lauren é muito pequena para usar protetor solar — Alanna me interrompeu e recomeçou a andar de um lado para o outro na entrada da casa. — Protetor solar só pode ser usado depois dos seis meses de idade. Mas mesmo assim, se você não pôs um boné nela, você devia ter passado protetor solar nela. Porque se você não...

Senti lágrimas brotando em meus olhos. Eu fui tão burra. Fui inacreditavelmente desprezível e burra. A cabecinha de pele tão sensível e delicada de Lauren, praticamente careca, exceto por alguns fios de cabelo loiro, já estava escurecendo e ficando com uma cor rosa inflamada.

— Ah, meu Deus... Você... Vá lá para cima — Alanna ordenou.

No pior *timing* do mundo, Lauren escolheu aquele instante exato para acordar e começar a chorar.

— Vá lá para cima!

Obedeci e me dirigi até o pé da escada. Ao me virar, vi Alanna segurando Lauren contra o peito e examinando o dano que eu tinha causado com um olhar de amor absoluto, selvagem e furioso. É claro que ela nunca tinha me olhado daquele jeito, nem quando levei uma bolada no rosto durante um jogo de *softball* da sexta série e quebrei o nariz. Era um olhar de mãe, repleto de amor de mãe, e jamais poderia ser reproduzido ou substituído.

Naquela noite, meu pai voltou do trabalho e me encontrou deitada sob as cobertas em minha cama de dossel. Achei que ele fosse gritar comigo, mas, em vez disso, tirou seus sapatos oxford e deitou-se ao meu lado. Ele me abraçou, apoiou o queixo barbado no meu ombro e apenas me segurou durante muito tempo, como se eu ainda fosse um bebê também. Aquilo me fez sentir muito melhor e também muito pior. Meu pai — não, todo mundo da minha família — merecia alguém muito melhor do que eu era. Mesmo minha mãe sabia disso. Provavelmente fora por isso que ela foi embora.

Olhei para o cartão de Halloween diante de mim. *Você é buu-nita!!!* Todos os pontos de exclamação têm pequenas abóboras em vez de pontos. Seguro o cartão junto ao meu peito até que a dor que sinto em relação à minha família passe, tão aguda e intensa quanto uma cólica menstrual.

19

**ACADEMIA RED OAK
PROGRAMAÇÃO DIÁRIA
DEMPSEY, MIA
IDENTIDADE Nº 47813**

6h30 — Primeiro sinal

7h — Café da manhã / Limpeza da cozinha / Preparação de alimentos

8h — Conversas em grupo

8h30-9h30 — Inglês / Linguagens da arte

9h35-10h45 — Estudo independente de língua estrangeira

10h50-11h50 — Estudo independente de matemática

12h-12h40 — Almoço / Limpeza da cozinha

12h45-13h45 — Terapia individual (segunda-feira / quarta-feira)

Limpeza do dormitório (terça-feira / quinta-feira)

Limpeza do banheiro (sexta-feira)

13h50-14h50 — Contato com a natureza / Educação física

14h55-15h55 — Estudo independente de ciências sociais

16h-16h45 — Relaxamento construtivo

17h-17h55 — Jantar / Limpeza da cozinha / Preparação de alimentos

18h-19h — Lição de casa

19h05-20h — Relaxamento construtivo

20h05-20h30 — Higiene pessoal

20h35-21h — Luzes diminuídas

21h — Luzes apagadas

Dia após dia, cada minuto da minha vida é dividido, medido pelo relógio de outra pessoa e, em seguida, encaixotado para sempre. Minutos, horas e dias da *minha* vida que nunca vou recuperar. E é pior do que uma prisão porque nem tenho uma data de soltura para depositar minhas esperanças. Todas as noites, espero pelo apagar das luzes, porque o único momento em que estou livre é quando estou dormindo.

20

As regras de Red Oak determinam que você não pode falar com sua família nas duas primeiras semanas de reclusão. Segundo Mary Pat, esse é um jeito de acelerar o processo de aclimatação da vida aqui, para ajudar a "redirecionar seus ciclos neuronais a sua nova realidade". De acordo com Vera, é para evitar que você implore a seus pais para levá-la para casa quando eles estão mais vulneráveis e mais propensos a dizer que sim.

Adivinha em qual explicação eu acredito?

Na tarde do domingo que marca o início da minha terceira semana em Red Oak, Dee me acompanha até a administração para minha primeira sessão de terapia familiar. Mary Pat e Vivian estão me esperando no sinistro escritório de beira de estrada, ao lado do imenso monitor do desktop de Mary Pat. Meu pai e Alanna já estão na tela, esperando por mim sentados bem juntos e de mãos dadas no sofá da sala de estar, como se estivessem se preparando para um tornado adolescente problemático.

— Onde estão as gêmeas? — pergunto antes de me sentar.

— Infelizmente, Mia, conversas com irmãos são um privilégio que só se ganha no segundo mês e com bom comportamento — Mary Pat explica, indicando pacientemente uma cadeira na frente da câmera do computador.

Me sento com um suspiro.

— Ah, Mia — Alanna engasga assim que fico à vista. — Você parece tão... tão descansada.

Vejo que os dois olhos roxos que deixei nela desvaneceram em uma topografia de hematomas amarelados. Ela não podia ter usado um corretivo para essa reunião? Provavelmente quer me fazer parecer a pior pessoa do mundo para Mary Pat e Vivian, para convencê-las de que sou superproblemática, e para me manter aqui, e longe da vida deles, o máximo de tempo que ela puder.

— Oi, amor — meu pai diz.

Sua voz está cansada e seus olhos estão vidrados, como se ele estivesse chapado ou algo assim. Mas como sei que ele nunca tocou em uma droga na vida, só posso presumir que esteve chorando. O que faz com que eu me sinta como um monte de merda.

Sinto muito, digo mentalmente. *Se isso faz você se sentir melhor, posso dizer que eu também me odeio.*

— Oi — respondo.

— Então, como estão as coisas por aí?

— Bem, vamos ver — digo e começo a contar nos dedos. — Vocês mandaram me sequestrar. Eles confiscaram meu celular. Tive que tirar as roupas para revistarem minha cavidade corporal. Não posso usar removedor de esmalte porque tem álcool e eles têm medo que eu tente bebê-lo. Ah, e minha companheira de quarto é uma terrorista doméstica que come a própria pele.

— Mia! — meu pai exclama, estalando os dedos. — Não aja como se isso tivesse vindo do nada. Sua trajetória tem sido ladeira abaixo há muito tempo. Ficou impossível para que nós cuidássemos de você sozinhos.

— Ah, eu sei — digo, sorrindo com crueldade. — Eu li o panfleto. *Criar os filhos não é fácil. Mas nunca deveria ser tão difícil. E se for, simplesmente se livre dele!*

— Está vendo? — Alanna reclama com a voz lacrimosa, olhando para Mary Pat em busca de respaldo. — Está vendo a raiva? Os comentários cortantes? O sarcasmo *implacável*?

— Claro que estou com raiva! — grito. — Eu sei que não devia ter dado um soco em você, o.k.? Sei que foi errado. Sinto muito e tal. Mas isso não significa que meu lugar é *aqui*, cercado por garotas que se mutilam, que são estrelas pornô da internet, que tentam se suicidar e que são *incendiárias*!

— Incendiárias? — meu pai exclama alarmado, olha para Mary Pat e passa a mão pelo cabelo já bastante ralo. — Caramba.

— No passado, tratamos garotas com problemas de piromania — Mary Pat responde com calma. — Atualmente, não há nenhuma matriculada em Red Oak. E mesmo se houvesse, Mia não correria perigo. Se não permitimos que nossas garotas tenham removedor de esmalte, o senhor acredita mesmo que permitiríamos que elas tivessem acesso a fósforos?

— Mia, eu sei que é difícil para você entender isso, mas sentimos que seu lugar é, sim, em Red Oak — Alanna afirma, com os olhos se enchendo de lágrimas.

Ela é um exemplo *clássico* de alguém que usa o choro como instrumento de manipulação.

— Nós te amamos tanto. Mas todo o amor que te damos, você simplesmente engole e cospe de volta na nossa cara — Alanna prossegue.

— *Você* me ama? — Não consigo me conter e começo a rir.

Por um instante, Alanna fica boquiaberta.

— Claro que eu amo você, Mia. Como você pode...

— Você sabe o que ela me disse naquele dia? — pergunto ao meu pai. — Antes de eu dar um soco nela?

Meu pai pigarreia, olha para a esposa e então utiliza sua habilidade de super-herói: responder uma pergunta sem realmente respondê-la.

— Nós tivemos uma conversa — ele diz. — Não há segredos entre Alanna e eu. Você não nos deixou muita escolha, Mia. Sentimos com muita intensidade que você precisava de uma separação *completa* da sua vida atual, daquele Xander, até mesmo das suas irmãs, de *nós*...

Não aguento mais ouvi-los falar, ouvir o nome de Xander da boca do meu pai, ouvir o nome dele de qualquer jeito, como se *ele* fosse o problema, como se ele importasse, porra. Não suporto olhar para a cara deles, ao mesmo tempo culpadas e acusadoras, e não suporto ver a nossa cozinha pela porta atrás do sofá, não suporto me lembrar da liberdade de abrir a geladeira sempre que eu queria, de desenterrar algum resto de pizza e comer na frente do meu notebook. De ir aonde eu queria e de fazer o que eu queria. De ser uma adolescente normal: talvez um pouco selvagem e com certeza cometendo muitos erros, mas tentando descobrir a vida. Em vez de agora, onde estou presa em um lugar em que toda a tentação é tirada e nem me é dada mais a *escolha* de fazer a coisa certa. Tenho certeza de que todo o pessoal da escola em Chicago está falando ainda mais merda sobre mim do que quando eu ainda estava por perto. Ou talvez não. Talvez tenham esquecido que eu existo. Sou incapaz de decidir o que é pior. Os pensamentos me pressionam cada vez mais rápido, levando lágrimas aos meus olhos, e como não sou uma manipuladora chorona, já que sou uma pessoa que acredita que chorar é algo débil, comodista e inútil, já que me recuso a deixar Alanna saber que ela tem o poder de me *fazer* chorar, me levanto e aperto o botão de desligar com força.

— Mia, espere! — Vivian pede.

Porém, quando saio correndo do escritório de Mary Pat, batendo a porta atrás de mim, ela tem o bom senso de não me seguir.

21

O QUE ALANNA DISSE PARA MIM POUCO ANTES DE EU DAR UM
SOCO NELA

Você sabe o que é para esses moleques, não sabe?
Nada além de uma piada para eles rirem com os amigos.
E, no momento,
nada
além
de um
buraco
quente.

22

Ainda tenho algum tempo para matar antes do jantar. Então, decido fazer uma caminhada. O frio está cortante e impiedoso, mas não posso voltar para o meu quarto para pegar o casaco, porque isso me obrigaria a conversar com as garotas do Birchwood e, nesse exato momento, não sinto vontade de falar com ninguém. Puxo as mangas do moletom para cobrir as mãos fechadas, endireito os ombros e caminho rumo à trilha atrás da biblioteca, aquela que leva à floresta e ao lago Onamia. O sol está começando a se pôr e, aqui em Red Oak, jantamos às cinco, como gente velha.

A escola é bem silenciosa, ainda mais quando se é uma garota urbana como eu, que não está acostumada com isso. Porém, quando você entra na floresta, é ainda mais assustador. É como se todos aqueles pinheiros e carvalhos absorvessem qualquer som perdido e o silêncio se tornasse absoluto. É por isso que quase nunca faço caminhadas, embora as trilhas, cheias de câmeras de segurança, sejam uma das poucas liberdades que nos são permitidas, tendo em conta a crença da Red Oak nas propriedades curativas da mãe natureza®. À medida que o silêncio me rodeia, penso em dar meia-volta, mas sinto o ar fresco na pele e meus membros parecem fortes e inquietos. Sinto-me como um cavalo preso, ansiando por movimento. Duas semanas em Red Oak. O maior tempo que passei sem fumar, beber ou engolir comprimidos desde que tinha catorze anos. Fisicamente, me sinto muito bem, limpa e forte. Emocionalmente, é mais complicado.

Quando chego à margem pantanosa do lago Onamia, que se agita com tifas e outras plantas aquáticas, e zumbe com o burburinho dos insetos, o sol já se pôs e o céu é um globo sobre a água. As estrelas são pontos brilhantes de luz cintilando em todos os quadrantes e, além delas, rodopia um véu branco das estrelas mais distantes. Quanto mais olho para cima, mais consigo ver. Sento-me em um tronco úmido — quem sabe esse seja o famoso tronco dos folhetos da Academia Red Oak — e vejo o céu se tornar um padrão rendado de pontos de fogo incrustados. Eu me pergunto se ele sempre parece tão esplendoroso e eu que nunca reparei? Eu me pergunto por que as coisas mais belas são sempre as mais fáceis de ser esquecidas. Eu me pergunto como pude deixar de ser uma pessoa real, uma pessoa inteira, uma pessoa com alma e sonhos, para ser nada além de uma piada e um buraco quente.

Acho que tudo começou no meio do meu primeiro ano do ensino médio, quando minha turma de estudos avançados de ciências fez uma excursão escolar ao planetário. Eu era a única aluna do primeiro ano da turma, fui aceita por causa das minhas notas. Ninguém realmente falava comigo, nem mesmo Scottie Curry, meu parceiro de laboratório. Scottie era do time de perguntas e respostas, com orelhas grandes e óculos ainda maiores, mas havia algo sexy nele. Para começar, ele era mais velho do que eu — do último ano! — e sempre que fazíamos alguma análise no laboratório, ele arregaçava as mangas do seu moletom com capuz para mostrar pulsos grossos e peludos de homem. Scottie era totalmente indiferente, ou talvez apenas alheio, em relação à sua falta de popularidade, já que circulava pela escola com o mesmo tipo de arrogância que se vê em um jogador de futebol americano famoso. O que eu gostava. Mas o que eu gostei ainda mais foi a maneira pela qual ele logo reconheceu que, embora eu fosse uma caloura e também uma espécie de antissocial, com minhas roupas pretas e fones de ouvido sempre presentes, eu ainda assim era mais inteligente do que ele. Não que Scottie fosse exatamente amigável, mas sempre que obtínhamos resultados diferentes em nossos laboratórios, ele sempre escolhia o meu, e tirávamos nota máxima em tudo que entregávamos. Éramos uma equipe improvável, e eu me apaixonei por ele, muito e secretamente, sem ousar pensar que o sentimento era recíproco. Era uma distração legal fantasiar sobre ele, principalmente porque foi bem na época que encontrei o laudo da autópsia da minha mãe na internet. Às vezes, eu achava que Scottie flertava comigo, mas imaginei que provavelmente fosse tudo coisa da minha cabeça: ele era um veterano, um cara que havia se candidatado para Princeton com antecedência e tinha uma chance considerável de ser aceito. Mas então, pouco antes da nossa prova do primeiro semestre, ele me pediu para ir estudar em sua casa. Contei para minha amiga Marnie sobre o convite, e ela me disse que Scottie com certeza queria transar comigo. Em descrença, revirei os olhos e dei uma risada, mas no fundo fiquei animada: um cara nunca me quis antes, até onde eu sabia. Antes de ir até a casa dele, depilei as pernas, dediquei algum tempo extra ao meu cabelo, passei batom nos lábios e rímel nos cílios. Vesti meu jeans mais justo e meu top mais decotado. Passei loção corporal brilhante com perfume de jasmim ao longo da pequena fenda que tinha entre os seios.

Ao chegar à casa de Scottie, ele abriu a porta e meio que me encarou.

— Você está diferente — ele disse.

— Obrigada — respondi.

Então, imediatamente me senti estúpida porque não sabia se Scottie estava me elogiando. Não tinha ninguém em casa, e achei que íamos estudar na cozinha, talvez no porão, mas, em vez disso, ele me levou ao seu quarto no andar superior. Nunca tinha estado no quarto de um garoto antes. Tinha cheiro de desodorante e pés. Sentamos na cama, pegamos nosso material de ciências e estudamos um pouco. Mas eu não conseguia me concentrar e nem ele. Ele ficava se mexendo e parecia pouco à vontade. Fiquei me perguntando se ele tentava disfarçar uma ereção ou algo assim. As ereções eram situações do corpo masculino que, na época, eu só conhecia na teoria e que eu meio que considerava absurda demais para ser algo real. E talvez tenha sido por esse motivo que fui atingida por um raio de coragem impulsiva, ou talvez tenha sido apenas o desejo de não sair da casa de Scottie sem uma história para Marnie, que já tinha me enviado umas vinte mensagens de texto, querendo atualizações. Seja como for, fui em frente: me inclinei sobre meu caderno de laboratório e o beijei.

Eu o beijei.

Sempre que penso nesse dia — o que não é frequente, afinal qual é o sentido de cutucar uma velha ferida com casca? — sempre me lembro disso. Deu tudo errado muito rápido, mas fui *eu* quem colocou tudo em movimento. O que acho que é provavelmente uma boa metáfora para minha vida em geral.

Enfim... Então, sim, eu o beijei. Inicialmente, Scottie arregalou os olhos. Eu os encarei: furacões castanhos atrás de molduras de vidro manchadas de impressões digitais. Em seguida, ele os fechou e entendi que não precisava mais me sentir estúpida. Tinha tomado a decisão certa. Eu estava preocupada com o fato de que não saberia beijar, mas percebi que todo mundo nasce sabendo beijar, do mesmo jeito que todo mundo nasce sabendo respirar e chorar. Por algum tempo, nos beijamos por cima de nossos cadernos e foi legal, bem legal, mas então tudo começou a acontecer muito rápido. A melhor parte de toda a experiência, quando penso nela agora, foi o último segundo antes de ele avançar sobre mim, quando olhei para ele, com meu cabelo solto sobre os ombros. Naquele momento, meio que me senti uma atriz da minha própria vida. Mas, tipo, uma *boa* atriz. Em um bom filme. O que quero dizer é que me senti uma verdadeira adulta. Uma *mulher* de verdade. Mas então, quando Scottie começou a se abaixar em cima de mim, a sensação passou. Percebi que eu não era uma atriz, que aquilo não era um filme e que eu não era uma mulher, pelo menos não ainda, e que não estava pronta para fazer aquilo, pelo menos não ainda. No entanto, Scottie já tinha tirado os óculos e olhava para o meu corpo com algo que reconheci como desejo, mas pensei que também poderia ser amor. Como eu saberia a diferença? Como eu poderia saber qualquer coisa sobre garotos, relacionamentos, sexo ou amor? Não é o tipo de coisa que você deveria aprender com sua mãe? Além disso, eu era uma *caloura*. Tinha ido a um milhão de sessões com orientadoras escolares, que falavam sobre consentimento, sobre como "não" significa "não" e "sim" significa "sim", e o "sim" deve ser um "sim" *entusiástico*. E tudo tinha parecido tão óbvio, eu sentada em minha carteira escolar, olhando para um PowerPoint constrangedor sendo apresentado por uma professora também constrangida, que usava um lenço de pescoço festivo e sapatos apropriados, mas agora que eu estava ali, *vivendo* aquilo, entrelaçada em uma cama real de um garoto real, com as mãos reais do garoto no meu corpo real, nada daquilo importava. Ao tentar pronunciar as palavras "não", "espere", "pare", elas não vieram.

Balbuciei um "hum", mas Scottie não estava ouvindo. Meu corpo parecia paralisado, como uma mariposa morta presa dentro de um estojo de vidro. Virei o rosto, fechei os olhos com força e fiquei quieta enquanto ele se atrapalhava com a camisinha que havia tirado da mesinha de cabeceira. Senti que, se meu corpo ficasse imóvel, esse seria o grito que eu não tinha a coragem de deixar escapar. Mantive meus olhos fechados contra a pressão crescente das lágrimas e fiquei imóvel enquanto Scottie se movia dentro de mim. Doeu, mas consegui suportar. Então, quase tão rápido como havia começado, ele passou a tremer e, em seguida, murmurou um pedido de desculpas. Foi assim que soube que tinha acabado.

Naquela noite, quando voltei para casa, tinha *certeza* de que meu pai olharia para mim e saberia o que eu tinha feito. Ele era meu pai, e não apenas um pai normal, mas um pai viúvo que tinha me criado sozinho durante seis anos inteiros antes de conhecer Alanna. Já tínhamos sido tão próximos quanto duas pessoas podiam ser. E embora aquilo tivesse se desvanecido um pouco, ele ainda percebia meus humores, meu comportamento, minha alma, melhor do que qualquer pessoa no planeta. Eu me preparei para essa realidade no caminho entre a casa de Scottie e a minha pelas ruas iluminadas para o Natal. Decidi que não havia motivo para mentir ou mesmo esconder. Quando ele olhasse para mim e perguntasse o que havia acontecido, eu simplesmente contaria tudo para ele. Seria constrangedor, sem dúvida, e ele não ficaria feliz, mas contaria mesmo assim, porque sabia que ele era a única pessoa que poderia me ajudar a entender aquilo, o que significava, quem eu era naquele momento. Talvez ele até me dissesse que não significava absolutamente nada. Como poderia significar? Se toda a experiência, desde o instante em que Scottie e eu começamos a nos beijar até o momento em que ele embrulhou o preservativo usado em um lenço de papel e o jogou no chão ao lado da cama, não durou mais do que dez minutos?

No entanto, ao chegar em casa, descobri que as gêmeas, que eram crianças começando a andar, haviam contraído uma virose na creche e vomitavam tipo o filme *O exorcista*. Alanna estava dando banho nelas e, ao mesmo tempo, gritava freneticamente no celular em busca de atendimento de urgência. Enquanto isso, meu pai estava ocupado tirando as roupas de cama dos berços delas e jogando tudo na rampa da lavanderia. Ele me deu um beijo rápido no topo da cabeça quando parei no meio do hall de entrada para observar aquela atividade frenética de pais cuidando de criancinhas doentes e, de repente, meus problemas pareceram irrelevantes e minha vida, pequena e boba. Fui para o meu quarto, me meti na cama e dormi por doze horas. Ao acordar na manhã seguinte, as gêmeas continuavam doentes e meu pai ainda estava distraído. Ele nunca notou nada.

Achei que poderia tentar deixar aquilo para trás, talvez de alguma forma criar coragem para pedir ao sr. Henderson um novo parceiro de laboratório no segundo semestre e simplesmente fazer de conta que nada havia acontecido. Mas isso não rolou, porque, no fim das contas, Scottie Curry tinha uma namorada.

E, pelo visto, ela descobriu o que tínhamos feito.

Uma nerd do teatro, e a chefe da equipe técnica da peça do outono. Não era exatamente uma Menina Malvada, mas tinha amigas em nossa turma de ciências, e elas mais do que compensavam.

Foram elas que, quando estávamos no ônibus indo ao planetário na volta das férias, rosnaram "puta!" fingindo tossir quando passei por elas no corredor. Que se contorceram em seus lugares para arremessar absorventes, salgadinhos e balinhas de frutas em mim.

Para Scottie, elas não disseram nada. Scottie e sua namorada tinham feito as pazes. Ele pediu desculpas, deve ter comprado flores para ela ou disse que eu o tinha seduzido. Talvez eu até tivesse? Eu o beijei primeiro. *Eu o beijei primeiro.*

Seja como for, Scottie e sua namorada eram legais.

Comigo, porém, foi diferente.

Aquelas garotas eram do último ano, mas não estavam necessariamente no topo da hierarquia social. No entanto, eu estava, de longe, em um nível muito inferior. Eu cursava o primeiro ano e não era impopular, mas era pior do que isso, porque eu não praticava esportes nem frequentava clubes. Além disso, também era meio sem valor, uma ninguém com uma mãe assassinada, que pintava o cabelo com cores bizarras e andava com delinquentes iniciantes como Marnie. O que *eu* estava fazendo na turma delas de estudos avançados, quanto mais transando com um dos caras *delas*, um dos namorados das amigas *delas*? Elas levaram isso muito para o pessoal. Naquele dia, as importunações foram como uma vibração maçante e elas mantiveram aquilo durante a maior parte da visita guiada. Ficaram mais ousadas no exemplar do ônibus espacial, depois que o sr. Henderson anunciou que estávamos livres para explorar por nossa conta, desde que nos encontrássemos na porta do ônibus da escola à uma e meia.

— Vagabunda.

— Porca.

— Depósito de porra.

— Lixo branco.

De início, eu as ignorei. No exemplar do ônibus espacial, enquanto elas me metralhavam ofensas, simplesmente olhei para os sacos de dormir presos na parede e imaginei que aquilo poderia ser pior: eu poderia ser uma astronauta, forçada a dormir de pé, amarrada à parede, todas as noites durante meses e anos, enquanto me movia em velocidades inimagináveis através do cosmos hostil.

Achei que poderia continuar ignorando-as, mas elas se aproximavam cada vez mais de mim. Algumas vezes, pisaram no meu calcanhar e precisei me agachar para recolocar o sapato. Comecei a entrar em pânico — elas iam mesmo me encher de porrada, não iam? — e então saí correndo. Literalmente fugi delas, o que, claro, foi a pior coisa que eu poderia fazer, pois expôs minha fraqueza e o meu medo. Assim que comecei a correr, elas passaram a me perseguir, rindo e gritando insultos mais alto para que o resto da turma também risse. Os corredores do ônibus espacial foram ficando mais estreitos e mais escuros e, então, fiz uma curva e me deparei com uma pesada cortina de borracha, do tipo que tem em lava-jatos. Eu a empurrei para o lado e me escondi atrás dela.

E, de alguma forma, milagrosamente, eu me livrei delas.

Eu tinha passado direto para o espaço sideral.

Estava escuro como breu, mais escuro do que qualquer coisa que eu já tinha experimentado na minha vida. Uma escuridão com textura e peso. Ao meu redor, ouvia os sons de explosões sibilantes e distantes: os sons de estrelas em contração ou de um útero. Eu tinha chegado ao limite do Universo, ou talvez retornado ao passado, de volta ao corpo da minha mãe. Seja como for, eu estava sozinha. Totalmente sozinha. Scottie não existia, nem aquelas garotas, nem ninguém ou nada ancorado nesse mundo. Achei que se chamasse minha mãe, ela me ouviria. Tive certeza disso. Disse seu nome na escuridão. *Mamãe*, sussurrei, a palavra enferrujada em meus lábios. Já tinham se passado onze anos desde que eu a pronunciara. *Mamãe, me ajude.*

Foi quando entrei em um corredor acarpetado e isso me levou de volta à vida real. Tirei meu celular do bolso e tateei procurando o aplicativo da lanterna. Afinal, vi que não tinha atravessado um rasgo no tecido dimensional, mas que estava apenas em uma cabine de simulação espacial muito bem construída, que era parte da exposição, assim como os sacos de dormir verticais.

Mas o mais estranho é que não fiquei desapontada. Porque, falso ou não, depois que respirei fundo e atravessei a cortina de volta para a vida real, algo tinha mudado dentro de mim. Minha raiva dispersa havia se juntado como a escuridão, tinha se solidificado em algo que eu podia agarrar. Talvez minha mãe — estrangulada, descartada, não vingada — enfim tivesse me ouvido.

Sabia que, dali em diante, se alguém tentasse me ferrar, eu nunca mais fugiria. Nunca. Eu me viraria e lutaria. Sempre.

Encontrei Scottie na exposição interativa *Explore o nosso sistema solar!* Ele estava parado inclinado para a frente, embaixo de um modelo gigante de espuma pendurado de Saturno, os óculos escorregando pelo nariz, lendo o cartaz sobre as sessenta e duas luas do planeta.

— Você tem uma namorada?

Ele piscou para mim, ganhando tempo.

— Bem — ele disse por fim. — Sim. Caramba... Ah, desculpa.

A expressão dele era tão vazia e lisa quanto a superfície de plástico rodopiante de Saturno suspensa acima da nossa cabeça. Scottie não foi só o primeiro cara com quem eu transei, mas também o primeiro que eu beijei e o primeiro que me tocou. Ele foi o primeiro em tudo. E ele já estava se virando de volta para o cartaz.

Antes mesmo de saber o que estava fazendo, arranquei os óculos do seu rosto, arremessei-o no criador de crateras e puxei a alavanca. Foi uma trituração gratificante.

De volta ao ônibus espacial, voltei a encontrar as amigas da namorada de Scottie, em frente ao banheiro do astronauta. Tinha um cinto de segurança nele, acho que para o astronauta não flutuar enquanto fazia suas necessidades.

— Ei, vadia, ouvi dizer que você deixou Scottie transar com você no...

Não deixei que ela terminasse o comentário. Agarrei-a pelo cabelo e enfiei sua cara na privada do astronauta. Não tinha água nela — óbvio, era apenas um modelo — porém, quando apertei a descarga, funcionou. Fez um barulho sibilante e eu ouvi a garota gritar. Quando a puxei de volta, ela parecia atordoada e apavorada. Um de seus lóbulos estava sangrando muito. A descarga tinha sugado seu brinco de pérola, rasgando sua orelha.

A garota foi levada às pressas para o hospital para suturar o lóbulo. No dia seguinte, fui expulsa da turma de estudos avançados de ciências. Minha orientadora não tinha outro lugar para me colocar, por isso me pôs na aula de biologia básica. O curso era muito entediante e, então, comecei a matar aula e acabei sendo reprovada. Descobri que uma vez que você é reprovada em uma matéria e o mundo não implode, fica muito mais fácil ser reprovada em tudo. Você se dá conta de que há coisas piores do que ser reprovada. Você percebe que a maior parte do que os adultos tentam vender para você como importante e necessário não passa de uma mentira, e que tudo que você sempre achou que importava, meio que não importa, na verdade. Quando o segundo ano começou, eu não era mais uma ninguém. As pessoas me conheciam ou achavam que me conheciam. Eu tinha me tornado uma pessoa desprezível — até Marnie mantinha distância. *Eu não me importo*, era a música na minha cabeça na primeira vez que transei com um garoto qualquer que conheci em uma festa. A música não tinha letra, apenas um refrão: *Eu não me importo, eu não me importo, eu não me importo.*

Virou a música da minha vida inteira.

23

No começo de novembro, apesar de as folhas vermelhas e laranja ainda estarem agarradas à maioria das árvores, o chão já está coberto com uma fina camada de neve. Eu havia descoberto que meus desejos por substâncias físicas tinham diminuído. Porém, eles foram substituídos por outros desejos, mais profundos e mais difíceis de explicar, que são igualmente impossíveis de ser satisfeitos aqui. E depois da bosta da minha sessão de terapia familiar, há algo que preciso saber.

— Por que meu pai me mandou para cá? — pergunto para Vivian antes mesmo de ela se sentar.

Ela se acomoda em sua poltrona e abre o bloco de notas em uma nova página.

— Interessante que você esteja me perguntando isso. Você já não sabe a resposta para essa pergunta? Na semana passada, você me disse que foi mandada para cá por causa de sua decisão de parar de mentir para seu pai e Alanna.

— Eu sei, mas quero saber o que *ele* disse. Tipo, quando ligou para você para pedir o transporte ou algo assim.

— O que você acha que ele disse?

— Você pode tentar uma única vez *não* responder uma pergunta com outra pergunta?

— Desculpe — Vivian diz e sorri. — Vício de terapeuta.

— Acho que o que eu quero saber é se a gota d'água foi mesmo eu ter dado um soco na minha madrasta. Ou foi outra coisa?

— Que outra coisa?

— Não se faça de idiota. Você sabe o que eu quero dizer.

Vivian me observa, com a caneta pairando sobre o bloco de notas. Eu suspiro.

— Só quero saber se ele falou sobre eu ser uma vagabunda. Claro, ele é meu pai e, então, sei que ele provavelmente não usaria essa palavra. Possivelmente ele usou a palavra do folheto de vocês: "promíscua".

— Você tem razão. Seu pai nunca chamou você de vagabunda. Acredito que ele nunca chamaria.

— Talvez não, mas Alanna com certeza chamaria.

— E você? *Você* usaria a palavra "vagabunda" para se descrever, Mia?

— As palavras que *eu* uso para me descrever são irrelevantes. São as palavras que as *outras* pessoas usam que importam. Ou você não entende como funciona a escola do ensino médio?

— Vamos nos debruçar sobre essa palavra por um minuto: "vagabunda". Você sabia que ela tem quase setecentos anos? É provavelmente o insulto mais antigo do nosso léxico.

— Meu Deus, outra aula de etimologia? — interrompo.

— O que acho engraçado é que o primeiro uso conhecido da palavra ocorreu em *Os Contos de Cantuária*, do Chaucer, viu? Eu também conheço meus caras brancos mortos. Quando Chaucer a usou, ele estava descrevendo um homem. Ao longo dos anos, "vagabunda" se transformou em um insulto amplamente dirigido às mulheres. Mas não tinha nada a ver com sexualidade, era usado para descrever uma mulher que tinha uma casa bagunçada. O que, na época de penicos e da peste bubônica, era provavelmente quase todas as mulheres.

Eu me recosto e relaxo na poltrona. Quando Vivian está no modo palestra, é melhor ficar calada e deixá-la divagar.

— Algumas centenas de anos depois disso, no século XVIII, o escritor inglês Samuel Pepys usou a palavra como um termo afetivo para ninguém menos que a própria filha: "Nossa garotinha Susan é uma vagabunda maravilhosa", ele escreveu, "e nos agrada imensamente".

Não consigo me conter e solto uma risada.

— Eu entendo. Pobre Susan — Vivian diz e também ri.

— Olha, eu entendo o que você está querendo dizer. A linguagem está sempre mudando. Paus e pedras podem quebrar minhas pernas, mas as palavras nunca me machucarão. E eu agradeço por isso. Mas acho que nós duas sabemos exatamente o que significa quando alguém chama uma garota de vagabunda no século XXI.

— Porém, até certo ponto, é uma palavra divertida de se dizer — Vivian afirma. — Parando para pensar. *Vagabunda*. Tente.

— Você é estranha. Vagabunda.

— De novo, mas mais alto dessa vez.

Impaciente, reviro os olhos.

— *Vagabunda*.

— O.k. Agora, me entretenha por um minuto, está bem? Você pode ficar gritando essa palavra até eu mandá-la parar?

Fico curiosa para saber onde essa idiotice vai levar. Então, obedeço.

— O.k., o.k., já chega — Vivian diz, rindo e levantando a mão. — Agora, me diga: teve um momento enquanto você repetia essa palavra que o significado começou a desaparecer? Quando começou a ser nada além de um movimento da sua língua e um som saindo da sua boca?

— Sim, provavelmente na décima ou vigésima vez.

— Tá. Ótimo. Esse é um fenômeno conhecido como saciedade semântica. A saciedade semântica é a experiência de dizer ou ler uma palavra tantas vezes seguidas que ela deixa de ter significado. Desde sua admissão, você me pergunta quando vai sair daqui e eu não lhe dei uma resposta. Agora você tem uma.

— Como assim? Não entendi.

— Quero ver você se fortalecer o bastante para transcender a capacidade da linguagem de lhe fazer mal. Para recuperar o poder de se definir, para parar de acreditar que as percepções das outras pessoas a seu respeito importam mais do que a percepção que você tem de si mesma. Para parar de permitir que as crenças dos outros se tornem profecias autorrealizáveis. Quando você jogar "vagabunda" na centrífuga e centrifugar todo o significado até ver claramente a única coisa que resta: a semente dura, verdadeira e perfeita de quem você é. Esse, Mia, será o momento em que você vai estar pronta para voltar para casa.

24

Estou aqui há vinte e sete dias. Vinte e sete dias que colidem uns nos outros como carros no engavetamento de uma estrada antes vazia. Os dias se repetem. Eles se repetem no sol e na chuva. Eles se repetem quando as nuvens se movem rapidamente e quando a geada matinal cobre cada folha em um milhão de pontas de gelo brilhantes e imóveis.

O objetivo da programação diária aplicada com rigidez, da Regra dos Quinze Centímetros, dos bolsos costurados, das conversas em grupo fatigantes (em que Mary Pat fala em tom monótono sobre auto-cuidados, mecanismos de defesa e "adição às suas caixas de ferramenta mentais" enquanto as garotas digerem o café da manhã e devaneiam), de nos cobrar responsabilidade e de nos ensinar responsabilidade sob a forma de limpeza dos banheiros do dormitório que cheiram à água sanitária e sangue, pois passamos tanto tempo juntas que nossos ciclos menstruais estão todos sincronizados; o objetivo de tudo isso, vejo agora, não é me curar, mas entorpecer minha vontade por meio da repetição até eu esquecer o que é liberdade, até eu esquecer o que é espontaneidade, perigo ou aventura. Até eu não desejar mais essas coisas. Até parecer que passou um ou dois anos, então preciso me lembrar de que, entre luzes acesas e luzes apagadas, só se passaram vinte e sete dias e não tenho a menor ideia de quando isso vai acabar, porque minha terapeuta me deu uma meta que é *holística* e *adaptada às minhas necessidades individuais,* e ela é completamente impossível de ser alcançada. Porque a verdade é que aquelas garotas tinham razão: eu sou um lixo, eu sou uma vagabunda e não sou capaz de resolver isso, porque tudo isso é válido e eu poderia repetir essa palavra muitas vezes — *va-*

gabunda, vagabunda, vagabunda —, repetir até minha voz sucumbir, mas não apagará as memórias do que foi feito ao meu corpo, do que permiti que fosse feito ao meu corpo por Scottie, e todos os que vieram depois dele, ou para mudar o timbre hostil e específico que a risada assume quando é direcionada diretamente à minha vida.

25

Madison me acorda no meio de uma noite gelada de terça-feira e aponta para a janela. Vemos um par de faróis subindo pelo caminho da entrada da escola, as luzes iluminam o cair suave da neve. Ouvimos o barulho do cascalho sendo esmagado e, pouco depois, de portas se abrindo e se fechando. Está muito escuro para vermos quaisquer rostos.

— Admissão — Madison sussurra.

E é assim que não sou mais a aluna nova.

Conhecemos a aluna nova de manhã na conversa em grupo. Ela é linda — uma beleza do tipo descoberta-na-rua-por-um-caça-modelos — e parece estranhamente imperturbável. Não há cicatrizes nos pulsos, cutículas mastigadas, tatuagens amadoras desafortunadas e já objetos de arrependimento, nem raiva alucinada latente por trás de seus olhos. Ela nem mesmo tem pontas duplas no cabelo. O pior? Ela está *sorrindo* de verdade.

Todas nós antipatizamos com ela instantaneamente.

Mary Pat a apresenta enquanto nos acomodamos em nosso semicírculo.

— Por que você não nos fala um pouco a seu respeito, Freja? — ela sugere.

— Oi, pessoal — ela diz e acena para nós com uma mão delicada. — Como Mary Pat disse, sou Freja, tenho dezessete anos e sou da Dinamarca.

— Uau, uma estudante *internacional*! — Madison afirma com entusiasmo. — Não temos uma desde que Flor amadureceu!

— O que sabemos a respeito do país de Freja? — Mary Pat pergunta, sorrindo e fazendo um breve contato visual com cada uma de nós. — Alguém pode nos dizer onde fica?

— Que *porra* de pergunta é essa? Fica na porra da Europa. Você acha que somos burras, MP?

— Não, não acho — Mary Pat responde, se virando bruscamente e encarando Trinity. — Estou apenas iniciando uma conversa e tentando fazer com que Freja se sinta bem-vinda. E, sinceramente, não gosto de suas palavras.

Trin dá uma risada, mas não diz mais nada.

— Bem, é um país pequeno.

O inglês de Freja é tão perfeito e preciso quanto dedos digitando com ênfase em um teclado, e o sussurro mais ínfimo de um sotaque faz com que soe ainda mais polido e sofisticado. Ela está usando pantufas de pele de carneiro de um rosa pálido chique, como a pele de um gato sem pelo.

— E eu sei que as crianças americanas não aprendem geografia como parte de seu... — Freja tenta prosseguir.

— Dinamarca — digo, interrompendo-a. Se esse é o tipo de garota de Red Oak que ela vai ser, puxando o saco de Mary Pat assim que passa pela porta, então é preciso colocá-la em seu devido lugar. — Uma nação peninsular escandinava, que faz fronteira ao sul com a Alemanha. População talvez de cerca de cinco milhões de habitantes? Capital Copenhague.

— Um passado *viking* — Vera continua. — Um presente socialmente progressista. E talvez seja por causa do princípio de *hygge*, ou seja, aconchego em dinamarquês, que essas suas pantufas parecem confortáveis pra cacete.

Em torno do semicírculo, as garotas aplaudem, enquanto Vera se inclina na minha direção, ergue o braço e abre a palma da mão simulando um *high five*, já que tocar minha mão de verdade iria contra a Regra dos Quinze Centímetros.

Mary Pat tenta conduzir uma discussão sobre estratégias para libertação de hábitos mentais negativos, mas ninguém nem sequer finge que presta atenção. Estamos todas muito atentas em Freja, em dissecar cada detalhe dela: as pantufas, a impecável calça de agasalho Fendi branca com os bolsos cuidadosamente costurados para obedecer ao código de vestimenta, as maçãs do rosto de garota de revista, as sobrancelhas pretas preenchidas à perfeição, o sorriso aflitivamente plácido. Mesmo entre esse grupo de meninas ricas, Freja emana dinheiro, privilégio, confiança e sofisticação. Claro que estou me lixando para o que ela pensa de *mim*, mas enquanto Mary Pat continua falando sem parar, eu me pego escondendo meus pés, cobertos com meias de solo emborrachado e estampa de bolinhas compradas no supermercado, debaixo da minha cadeira.

Na sequência, antes do início das aulas matinais, nós nos reunimos no salão comunitário para fazer um balanço.

— Não suporto essa vadia esnobe — Trinity afirma.

— Há algo de *errado* com ela — Vera diz alegremente. — O que foi aquele sorriso angelical falso?

— Há mesmo algo de podre no reino da Dinamarca — concordo.

— Meu Deus, que ótima referência a *Hamlet* — Vera diz, amassando o papel onde está sua meditação matinal e jogando-o em mim.

— Adoro que você seja secretamente uma nerd.

— Mas sério. Por que ela fala desse jeito? *Eu estou bem. Ela estava assim*. Ela não sabe abreviar as palavras? — Trinity continua.

— Eu *amei* ela — Madison suspira, jogando-se sobre o sofá cinza e sorrindo com ar sonhador, enquanto olha para o teto.

— Ai, meu Deus, lá vamos nós.

— Vocês viram ela? Ela é maravilhosa! E o sotaque. É tipo britânico, mas mais legal.

— *Jesus amado.*

— Pare de endeusá-la, Madison — Soleil a repreende. — Só porque alguém fala inglês com sotaque não é motivo para gostar ou não gostar da pessoa.

— Não gosto dela só por causa do sotaque — Madison retruca

irritada. — Gosto dela por causa... Por causa de *tudo a respeito dela* — prossegue, e enfia um dedo na boca, começando a dilacerar a cutícula com ar sonhador.

— A *última* coisa que você precisa é de outra vítima de *stalking* — Trinity diz. — Você está a um passo de sair daqui nessa primavera, assim que você conseguir parar de morder a si mesma por um minuto.

— Eu *disse* a vocês: tenho uma coisa com impulsividade...

Nesse momento, Freja entra pela porta com suas pantufas cor de gato sem pelo e nós nos calamos, ouvindo o chuff-chuff-chuff de seus pés no piso, absorvidas em nossos próprios pensamentos a respeito dela, e a respeito de nós mesmas.

26

Nessa noite, no jantar, estou sentada à minha mesa da turma do Birchwood House e Freja traz sua bandeja. Ela não pergunta se pode se sentar conosco. Ela simplesmente se senta. O que pode não parecer grande coisa, já que nosso corpo discente é muito pequeno e cheio de desajustadas para que se formem panelinhas como acontece em uma escola normal. Porém, isso vai totalmente contra a etiqueta tácita de Red Oak. Freja mora no Conifer House, e o normal a se fazer, ainda mais quando você é recém-chegada, é se sentar com as outras garotas do seu dormitório.

— Gosto dos seus brincos — Madison diz, esperançosa, assim que ela se senta.

Isso, é claro, não é verdade. Os brincos são argolas de ouro gigantes, brilhando sob a iluminação do refeitório, roçando os ombros macios e distensionados de Freja. Eles estão muito na moda para a estética irremediavelmente patricinha de Madison.

— Obrigada, Madison — Freja diz, jogando para trás seu cabelo preto lustroso. — São da minha mãe.

— Bem, você sabe o ditado — Trinity afirma. Ela levanta um pouco, inclinando-se sobre nossos bolos de carne e purês de batata, e dá um tapinha em um dos brincos de Freja. — Quanto maior a argola, maior a vadia.

Todas nós caímos umas sobre as outras rindo, enquanto a argola de Freja treme, balança e dança na orelha. Ela estende a mão calmamente e o imobiliza com dois dedos afunilados.

— Não, eu não sabia que esse era um ditado — Freja afirma, olhando Trinity nos olhos.

— Não ligue para Trinity — Madison diz rapidamente. — Estamos todas *superfelizes* por você estar aqui.

— Por falar nisso, por que *você* está aqui, querida? — Vera pergunta, com a voz melosa de malícia.

— Ah — Freja exclama, olha para cada uma de nós e dá uma mordida delicada em seu bolo de carne. — Então essa é a pergunta que vocês estavam sussurrando hoje.

— Não estávamos sussurrando — afirmo. — Qualquer uma nessa mesa vai dizer qualquer coisa na cara de qualquer uma. Pode nos testar.

Freja pisca com calma para mim. Seu guardanapo está dobrado no colo como se ela estivesse jantando no Four Seasons ou algum outro restaurante cinco estrelas.

— Muito bem. Vocês conhecem Nicoline Pedersen?

— Acho que o nome soa *familiar*, mas não consigo situá-lo exatamente — Madison diz.

— Ela é minha mãe.

— Madison só está sendo legal — Vera afirma. — Não se iluda, querida. Nenhuma de nós faz ideia de quem é a sua mãe.

— Bem, então é por isso que estou aqui — Freja diz, voltando ao seu bolo de carne.

27

Se vivêssemos no mundo, poderíamos simplesmente jogar no Google: Nicoline Pedersen e seríamos capazes de, pelo menos em parte, descobrir o lance de Freja. No entanto, como Vera gosta de dizer, não vivemos no mundo: vivemos em Red Oak. Então, não conseguimos descobrir porra nenhuma, e isso está nos deixando loucas.

Não estou aqui há tempo suficiente para ter uma chance sequer de conseguir acesso supervisionado a privilégios tecnológicos. Vera e Trinity não fizeram a limpeza dos banheiros na semana passada, por isso também estão sem acesso. Portanto, só resta Madison. O problema é que Mary Pat não a deixa ter nem mesmo um minuto de acesso supervisionado à internet, a não ser que ela consiga manter os dentes longe das mãos por tempo suficiente para deixá-las cicatrizar pelo menos.

E então Trinity tem uma ideia. Ela recebe o FedEx do pai com dois litros de bolhas de sabão para crianças e uma longa varinha de plástico.

— Para essa sua fixação oral — ela diz, entregando a garrafa para Madison depois que Dee a cheirou e provou do seu conteúdo, para ter certeza de que não estava cheia de vodca com sabor de sabão ou algo assim. — Ajudou meu pai a parar de fumar.

Nós ficamos céticas a respeito das bolhas, até mesmo Mary Pat, mas inacreditavelmente funciona. Nos quatro dias seguintes, Madison consegue manter as mãos quase fora da boca. Durante o dia inteiro, ela fica soprando bolhas e, embora eu sinta, toda vez que tento falar com ela, como se estivesse presa em uma rave ou uma aula da pré-escola, no quinto dia, a pele — derme de verdade — está crescendo em suas mãos atormentadas.

— MP, você devia me pagar um salário — Trinity diz a Mary Pat, quando nós nos reunimos para examinar as crostas delicadas que ainda não foram roídas, despedaçadas ou arrancadas pelo CRFC extremo de Madison. Ela até começa a usar sua peruca para dormir à noite, mesmo que seja quente e pinicante, para combater a tentação de arrancar o cabelo. E Mary Pat cumpre com sua palavra: concede dez minutos supervisionados de computador para Madison. Claro, não é permitido acesso a nenhuma rede social e a nenhum e-mail. Da última vez que lhe foi concedido esse privilégio, Vera relata, ela enviou uma carta de amor de trinta e duas páginas para a ex-namorada. ("Em defesa dela, eram principalmente letras da Billie Eilish", Vera disse.)

Madison pode usar o Google, porém, e naquela tarde, com Dee atrás dela, ela consegue cumprir a tarefa.

Nós nos reunimos no salão comunitário durante o relaxamento construtivo para ouvir suas descobertas.

— Nicoline Pedersen — Madison começa, lendo as anotações que fez em seu diário — ou, mais comumente, "Nic", é uma estrela pop e apresentadora de *reality shows* conhecida carinhosamente por alguns como "a Beyoncé da Dinamarca".

— Blasfêmia — Vera grita. — Só existe *uma* Beyoncé.

— A Dinamarca é, tipo, cem vezes menor do que os Estados Unidos — digo. — Então, isso significa que mesmo que ela seja a Beyoncé da Dinamarca, ela ainda é apenas, tipo, um centésimo da *nossa* Beyoncé.

— Acho problemático o fato de você se centralizar na cultura norte-americana — Soleil afirma, bocejando.

— Bem, acho ainda *mais* problemática sua descentralização em relação a Beyoncé.

— Não importa — Vera suspira. — Mesmo que ela seja um centésimo da Beyoncé, é ainda mil vezes maior do que uma pessoa normal.

— O.k., então a mãe dela é famosa — Trinity diz. — E daí? Freja não é a primeira filha de celebridade a vir para Red Oak. Não nos diz o que ela está fazendo *aqui*.

— Isso é verdade — Madison concorda. — Olivia não penhorou o anel do Super Bowl do pai para comprar drogas?

— Anéis. Plural.

— Vamos, Madison. Você não descobriu nenhuma sujeira boa sobre essa garota?

— Na verdade, não.

— Você não se distraiu com as imagens dela no Google, né?

— Não! Só que... Bem, ela estava na estreia de um filme no ano passado e, meu Deus, estava usando um vestido de marca com correntes. Então, pesquisei no Google quanto custava e era, tipo, *vinte mil...*

Trinity e Vera pegam ao mesmo tempo as almofadas do sofá e jogam nela.

— Madison, você é um caso perdido — Trinity diz. — Vera, vamos ter que tratar desse assunto nós mesmas.

— Sim — Vera afirma e estende a mão para estourar a bolha perfeitamente redonda que Madison acabou de soprar na sala comunitária. — Nunca mande uma garota para fazer o trabalho de uma mulher.

28

Leslie, nossa professora de educação física, é uma ex-estrela de hóquei universitário, extremamente em forma, com uma nuvem de cabelo extremamente branco e uma boca cheia de dentes extremamente brancos, que bebe água mineral de um garrafão e parece ter a mesma probabilidade de usar salto alto ou ingerir uma substância psicodélica que eu tenho de concorrer à representante da turma. Se uma barra de granola orgânica adquirisse consciência, assumiria a forma da treinadora Leslie. Seu lema para nos orientar rumo ao amadurecimento, que ela costuma gritar para nós, é cura:

— Caminhar!

— Usar o corpo!

— Rir!

— Arejar!

É por isso que, embora o solo já esteja coberto por uma camada lamacenta de neve, ela ainda nos leva em caminhadas por trilhas na natureza,[22] e nos conta uma série de piadas infames lamentáveis demais para serem repetidas aqui. Em uma dessas caminhadas alguns dias depois da chegada de Freja, Vera e Trinity aproveitaram a oportunidade para ladeá-la no final da fila.

— O.k., sua mãe é famosa. E daí? — Vera pergunta.

Freja dá de ombros, com suas botas Saint Laurent chapinhando na neve lamacenta.

— E daí nada.

---

22. Ou "marchas da morte", como Vera, que não é lá essas coisas em preparo físico, as chama.

— Olha, todo mundo está aqui por um motivo, tá? — Trinity diz, dando um passo à frente dela na trilha. — Eu coloquei fotos nuas minhas *on-line* e minha mãe perdeu a cadeira no Congresso. Vera se automutila.

— E sou ex-suicida também, não se esqueça! — Vera acrescenta alegremente.

— Madison tentou matar a ex-namorada, Soleil é uma drogada, Mia espancou a madrasta, Swizzie é uma mentirosa compulsiva, Charlotte tem problemas com controle da agressividade etc. E nem me faça falar do nosso passado. Meu ponto é que estamos todas no mesmo nível, tá? E só queremos saber por que *você está* aqui.

— E nós vamos descobrir de um jeito ou de outro — Vera diz, entrando no espaço pessoal de Freja com uma agressão casual. — Então, você pode muito bem nos dizer.

Freja sorri agradavelmente de uma para a outra enquanto sobe em uma árvore caída.

— Veja, garotas, não há motivo para eu estar aqui.

— Não pense que você é melhor do que nós, querida — a voz suave de Vera se transforma em um resmungo. — É como Trinity disse: *todas estão* aqui por um motivo.

— Muito bem — Freja para, dá a volta e as encara. — Aqui está o motivo: minha mãe queria me mandar para um internato nos Estados Unidos. Eu tenho família em Mineápolis. Então, ela decidiu me mandar para cá. É por isso que estou aqui.

— Peraí! — Vera exclama, erguendo uma mão enluvada. — Você está querendo dizer que sua mãe mandou você para Red Oak achando que era apenas um internato americano normal, com filhinhas de papai americanas normais?

— Isso.

Trinity e Vera esbugalham os olhos uma para outra e caem numa gargalhada tão histérica que uma perdiz assustada irrompe de alguns arbustos próximos e sai em disparada cacarejando em direção às árvores.

— Isso aí, garotas! — a treinadora Leslie grita, acenando seu cajado na frente da fila. — Rir é bom, mas vamos tentar respeitar a paz e a tranquilidade da natureza enquanto liberamos essas endorfinas deliciosas, tá?

Rindo ainda mais, Vera grita um pedido de desculpas, primeiro para Leslie, depois para a perdiz, que já desapareceu na floresta e provavelmente não pode ouvi-la.

— Ah, agora já ouvi *de tudo* — Trinity diz, enxugando os olhos com as luvas. — Agora já ouvi de tudo.

— Ela achou que você ia chegar aqui, fazer alguns cursos de estudos avançados, talvez tentar entrar para o time de hóquei sobre grama ou algo assim? — Vera diz, balança a cabeça e chuta um pedaço de gelo derretido. — Pobrezinha, Freja. Bem, quando você entrar na sessão de terapia familiar no final da segunda semana, espero que você possa convencer "Nic" a tirar você daqui.

— Não — Freja afirma e sorri com calma. — Você não está entendendo. Eu sabia o que era esse lugar. Minha mãe, não. O inglês dela não é muito bom, mas o meu é.

— Peraí! — Vera exclama.

Ela para tão bruscamente que quase me choco contra ela.

— Você está me dizendo que não precisava estar aqui. Que você está aqui *por vontade própria*? — Vera prossegue.

— Sim.

— Mentiras — Trinity canta. — Mentiras, mentiras, mentiras.

— Você pode optar por acreditar em mim ou não — Freja afirma, pisando sobre uma poça lamacenta com suas botas de pele suntuosas. — Em Copenhague, eu tinha guarda-costas. Não podia sair da minha casa sem ser rodeada. Tinha fotógrafos na minha cara o tempo todo. Não podia ter namorados nem mesmo amigos. Não podia ser normal. Aqui, não há celulares, nem artigos de tabloides cheios de fofocas. E vocês têm sido tão terríveis comigo. Tão cruéis! E isso me deixa muito feliz!

Feliz? Nós nos entreolhamos, confusas.

— Ninguém nunca foi cruel comigo na minha vida! Todos estão muito ocupados com... como se diz em inglês? Puxando meu saco!

Isso é o suficiente. Vera e Trinity caem na neve rasa, guinchando de tanto rir. Outras três perdizes apavoradas saem voando batendo as asas com vigor. A treinadora Leslie enfim percebe que elas estão rindo de outra coisa que não suas piadas infames, e ordena que Trinity e Vera voltem à escola para lavar pratos.

29

Faz uma semana desde a chegada de Freja e, para a maioria de nós, a nova garota se estabeleceu como nada mais do que uma curiosidade: bonita, sim, famosa, ao que parece. No entanto, uma garota que não é particularmente engraçada, legal, inteligente ou interessante. Estamos contentes por ela morar no Conifer House e, assim, não precisarmos ficar muito tempo com ela.

Todas nós, exceto Madison.

Quando Madison está no serviço de cozinha, ela prepara um doce gigantesco de cereal de chocolate em formato de coração e o oferece para Freja depois do jantar.

Durante a conversa em grupo, Madison encara Freja com tamanho ardor que Mary Pat precisa lembrá-la de que, às vezes, é possível violar o espaço pessoal de uma pessoa sem nunca realmente tocá-la.

— Então agora nem sequer posso *olhar* para as pessoas — ouvimos Madison reclamar quando Mary Pat a retém depois da sessão para uma conversa particular, e nós ficamos escutando atrás da porta.

— Até o jeito que eu *olho* para as pessoas é problemático agora? — Madison continua

Uma resposta silenciosa de Mary Pat.

E então Madison solta um grito ardente típico de Madison:

— O que você vai fazer? Colocar um daqueles cones no meu pescoço que colocam em cachorros para impedi-los de lamber suas partes?

Isso nos faz sair correndo pelo corredor, morrendo de tanto rir.

Nas horas de lição de casa, Madison cantarola baixinho músicas do álbum *Born to Die*, da Lana Del Rey, e olha para o nada com um desejo trágico.

No estudo independente de língua estrangeira, ela esquece seu curso habitual de francês e se inscreve no de dinamarquês.

Certa noite, no jantar, Freja comete o erro inocente de elogiar os óculos de Madison, que imediatamente os arranca do rosto para oferecê-los a Freja.

— Se você quer meus óculos, eles são seus — ela diz. — São Kate Spade de verdade.

— Ah, não, não quero eles — Freja afirma, rindo. — Só estava dizendo que são muito legais, Madison.

— *Toma* — Madison diz, sacudindo-os junto ao rosto de Freja. — São seus. Por favor, pegue os óculos. Eu quero que sejam seus. Vão ficar muito melhores em você do que em mim.

Nós esperamos que Freja não os aceite. Ela é uma garota que tem um vestido de 20 mil dólares, por que ela precisaria de algo de segunda mão de outra pessoa? No entanto, ela arqueia uma sobrancelha esculpida.

— Você tem certeza de que são Kate Spade? — Freja pergunta.

— Sim. Eu juro. Eu mesma os escolhi!

— Muito bem, então — Freja diz, pega os óculos, examina-os e os coloca. — São muito fortes, não? — continua e examina com os olhos semicerrados ao redor da mesa. — Você tem certeza de que não precisa deles?

Madison pisca, com os seus olhos azuis quase todos sem cílios se enchendo de lágrimas com a glória de ver algo dela adornando o rosto de Freja.

— Tenho certeza — ela responde. — Tenho um par reserva.

— Aqueles óculos velhos cor-de-rosa? — Vera pergunta. — Não são os da sexta série?

— Você mal consegue enxergar com eles! — Trinity exclama.

— Eles são ótimos — Madison insiste. — Freja, os óculos ficaram *incríveis* em você. Ficaria honrada se você ficasse com eles.

E Freja, para *nosso* espanto — e aborrecimento — concorda com o pedido. Ela agradece a Madison, coloca os óculos no bolso da frente da mochila e se levanta para devolver sua bandeja.

— O que há de *errado* com você? — Trinity pergunta com a voz cheia de desgosto, mas Madison sorri com ar sonhador, observando Freja jogar o resto de seu bolo de carne no lixo.

Mais tarde, naquela noite, depois que as luzes são apagadas, Madison, com seus antiquados óculos cor-de-rosa, se choca contra a parede a caminho do banheiro, lascando um dente e, mesmo reclamando por causa disso, ninguém sente pena dela e de sua idiotice.

30

Ainda nem chegou o Dia de Ação de Graças e o riacho do lado de fora do consultório de Vivian já congelou. Os montes de neve estão acumulados até a metade da janela, encobrindo a maior parte da vista e fazendo seu pequeno espaço parecer ainda mais claustrofóbico do que o normal.

— Então — Vivian diz, cruzando as pernas e me espiando por cima dos seus óculos de leitura.

— Então — respondo.

— Como você está?

— Bem. Acho que estou com uma depressão de inverno.

— Você está se sentindo para baixo ultimamente? Triste? Tendo pensamentos sombrios? Esse tipo de coisa? — Vivian pergunta, me olhando.

— Eu estava *brincando*. Estou enjoada do inverno, só isso.

— Bem, você vai precisar se acostumar com isso, porque tecnicamente ainda estamos no outono.

— Odeio o centro-leste de Minnesota.

— Sim, você mencionou. Deixe-me tentar perguntar de novo: como você está?

Estendo o braço para trás para apertar meu rabo de cavalo e me ajeito na poltrona.

— Você quer mesmo saber, sinceramente?

— Claro.

— Bem, estou frustrada.

— Com alguém ou algo em particular?

— Já que você perguntou: com você.

— Comigo? Por quê?

— Por que estou aqui agora?

— Mia, qual é! — Vivian exclama, mexendo a caneta entre os dedos, que é o que ela sempre faz quando fica irritada comigo. — Você precisa começar a se concentrar na sua realidade atual, nos objetivos que estabelecemos para você, e superar essa fixação que seu lugar não é em Red Oak.

— Não, não foi isso que eu quis dizer. Quer dizer, por que estou especificamente *aqui*? Sentada nessa poltrona, nesse consultório, com você?

Vivian apenas me encara com sua expressão de "conte-me mais".

— Venho te ver duas vezes por semana há mais de um mês e você ainda não me perguntou sobre nada importante.

— Sério? Como o quê?

— Bem, não sei, como minha mãe? E o fato de ela ter sido assassinada?

— Você *quer* que eu pergunte sobre sua mãe?

— Não é que eu *queira* que você pergunte. É que eu fui a alguns psiquiatras desde que ela morreu, o que é quase tanto quanto a minha memória consegue remontar, e todos eles sempre morreram de vontade de falar sobre ela.

— Fui levada a entender que você não se lembra da sua mãe.

—*Não lembro.*

— Bem, então, quando seus psiquiatras perguntaram a respeito dela, o que você disse?

— Não sei. Nada. Eles falaram a maior parte do tempo.

— E o que eles disseram?

— O de sempre.

— O que é o de sempre?

— Bem, os mais recentes me disseram que tenho um vazio de mãe em minha vida, que estou tentando entorpecer com drogas ou preencher com garotos.

— Sei.

— E que não vai funcionar, porque as drogas são temporárias e os garotos têm a forma errada.

— Ah.

— Mas eis a minha pergunta: se tenho um vazio de mãe na minha vida e se eu só tive uma mãe, então não estou condenada a ter esse vazio não preenchido para sempre?

— Suponho que sim.

— Então, eu posso muito bem fazer o que quiser, porque nunca vou me sentir inteira.

— Acho que é uma maneira de ver as coisas, embora eu deva acrescentar, com respeito, que nem toda criança que perde um dos pais acaba fazendo algumas das escolhas que você fez. Não digo isso como uma repreensão. Digo para lembrá-la de que você, e já conversamos a esse respeito, embora tenha passado por uma perda catastrófica muito jovem, isso não deveria determinar o resto de sua vida. Você não quer que a morte de sua mãe se torne uma muleta.

— Uma *muleta*?

— Uma desculpa genérica para o motivo pelo qual você faz as escolhas que faz.

— Eu não faço nada disso. Meu pai, Alanna e meu professores são os que culpam minha falecida mãe por todas as coisas ruins que faço.

— Bem, por que *você* acha que se comporta dessa maneira?

— Não sei, talvez porque eu seja uma filha da puta? Tem que existir um *motivo*?

— Bem, sim, em geral existe. Principalmente porque você não é, pelo menos na minha opinião, uma filha da puta.

— Ah, obrigada, Viv.

— Existem comportamentos e, depois, existem problemas. Se você conseguir chegar ao problema, pode começar a mudar o comportamento.

— Por favor — digo sem emoção. — Me conte mais.

— Bem, já que você tocou no assunto — Vivian diz, consultando suas anotações e ignorando meu sarcasmo. — Falemos sobre alguns dos seus comportamentos. Daqueles garotos que preenchem o vazio. Começando com Xander. Esse é o garoto com quem você estava saindo quando...

— Nós não estávamos saindo.

— O.k. Vamos esquecer os rótulos. Você se importava com esse garoto?

— Não.

— E, ainda assim, era íntima dele.

— Essa é uma maneira de colocar as coisas.

— E os outros garotos, você se importava com eles?

— Alguns mais do que outros — respondo e olho pela janela para a paisagem esbranquiçada. — Mas no fundo... Não, na verdade não. E eles também não se importavam comigo.

— Então, se você não se importava com eles, e não acredita que eles se importavam com você... Por que você acha que continuou fazendo isso?

— Não sei. Porque era divertido?

— Sabe, Mia, alguns psiquiatras cognitivos acreditam que as pessoas costumam ser atraídas inconscientemente para a repetição de experiências dolorosas.

— Do que você está falando? Eu só disse que era divertido. Quem falou em dor?

— Perdoe-me. Talvez eu esteja te entendendo mal. Você está me dizendo que o sexo com esses garotos, Xander e os outros, era satisfatório?

— O que você quer dizer com *satisfatório*?

— Fisicamente. Emocionalmente. O sexo fazia você se sentir bem?

— Sim — respondo e pigarreio. — Com certeza. Caso contrário, por que eu me daria ao trabalho?

— Nossa! Isso é ótimo. Porque é muito incomum para as mulheres, principalmente mulheres muito jovens como você, ter um orgasmo com um parceiro quando não há intimidade real. E é quase *impossível* ter um orgasmo quando se está sob a influência de drogas ou álcool, o que muitas vezes você estava quando se envolvia em atos sexuais. Certo?

— Certo, mas aquela outra parte que você disse... É besteira.

— Que outra parte?

— A ideia de que uma garota não pode curtir uma transa se não estiver apaixonada. Se não tiver velas, camisolas transparentes, lençóis de seda, jazz sensual tocando e merdas assim.

— Você já pensou no que *você* gosta, Mia? O que *você* quer em um encontro romântico? Porque o que você acabou de descrever, camisolas transparentes, velas, me parece uma mistura de um filme água com açúcar e um pornô.

As palavras de Vivian evocam uma memória em minha mente. Dillon Keating. LaBagh Woods no auge do verão, com os mosquitos zumbindo perto do nosso corpo e minhas costas pressionando o macio musgo morno. Ao longe, o som de risos. Ele tinha puxado minha calcinha para baixo tão rápido que a rasgou ao meio. *Vi um cara fazer isso em um pornô*, Dillon disse. *Não pensei que funcionava*. Nós dois rimos. Eu, mais alto. Então, ele soube que eu estava de boa, que não estava com medo. Vodca com sabor de cereja preta e Sprite em copos plásticos caídos perto de nossa cabeça, efervescendo na lama. Eu só queria beijá-lo.

— Sabe de uma coisa? — digo. — Prefiro falar da minha mãe morta do que falar sobre isso.

31

O dia de Ação de Graças é um feriado que tem tudo a ver com família e comida. Por isso, passá-lo longe da família sempre vai ser uma merda, independentemente de quão boa esteja a comida.

E vou admitir: a comida está ótima. Madison, Freja e algumas das outras garotas passaram a semana toda na cozinha com a *chef* Lainie, assando previamente massas de tortas, esmigalhando pão velho para recheio, misturando e marinando três perus enormes recém-abatidos. O resto de nós ficou ocupado com afazeres como limpar janelas, espanar o pó de cortinas, lavar rodapés e passar aspirador nos corredores do dormitório.

Na tarde do Dia de Ação de Graças, nós ajudamos a unir as mesas no meio do refeitório para formar um arranjo comprido do tipo salão de festas, com uma elaborada cornucópia central criada por Madison com folhas e gravetos que ela havia juntado ao longo das trilhas para caminhada. Do lado de fora das grandes janelas panorâmicas, a neve cai, fina como farinha para bolo. Há uma estação de chocolate quente[23] ao lado do bufê de saladas, tortas caseiras de abóbora, tortas de maçã e tortas de musse de chocolate; pão sovado esmigalhado e pedaços submersos de manteiga; vagens cortadas; couve-de-bruxelas com bacon caramelizado; os três enormes perus locais, dourados e crocantes. Ao entrarmos no refeitório para nos sentarmos para jantar, ele não cheira mais a um refeitório escolar. Cheira a *lar*. Talvez seja por isso

---

23. Comandada por Dee, que fica parada sem expressão enquanto segura uma lata de chantilly, servindo um esguicho para quem quiser, para que nenhuma de nós tente fugir com o spray para uma cheirada rápida nos banheiros do dormitório.

que, no meio da nossa refeição, Madison põe o garfo transversalmente no prato, do jeito que sua mãe, bem-nascida, lhe ensinara, e começa a chorar. Isso desencadeia um efeito dominó pela mesa, exceto por mim e Vera, que, descrentes, apenas nos entreolhamos e dividimos uma porção extra de *popovers*. Porém, é difícil se divertir quando todas as garotas ao redor estão chorando, apesar dos *popovers* caseiros.

— Não se desesperem, garotas — Mary Pat diz com sua positividade obstinada característica, se servindo de uma segunda porção de purê de batatas, enquanto ao seu redor as garotas enxugam os olhos nos guardanapos. — Depois de limparmos aqui e guardarmos a louça, tenho uma surpresa para todas vocês!

Mary Pat não é boa com surpresas. Ela é boa com estrutura, rotina e limites. Então, nós começamos a conversar animadamente, tentando adivinhar o que ela teria preparado. Trinity acha que vai ser igual fazem em *reality shows* da TV, quando colocam os familiares dos competidores escondidos em algum lugar, e que, a qualquer momento, nossos pais e irmãos vão entrar porta do refeitório adentro. Swizzie acha que vai ser algum tipo de excursão escolar para vermos as luzes de Natal. Soleil imagina que vai ser um dia de folga, em que Mary Pat vai nos dar uma hora para consumirmos a droga que quisermos.

— Uma garota pode sonhar — ela diz.

Claro que acaba não sendo nenhuma dessas coisas. Depois de nos empanturrarmos, limparmos a mesa, colocarmos as sobras em marmitas gigantes e lavarmos a louça, Mary Pat e a treinadora Leslie nos levam até o centro de recreação pela neve. Mary Pat destranca a quadra de esportes e abre as portas duplas com um floreio.

— Tchan-tchan-tchan-tchan! — ela diz e estende os braços para revelar uma pilha de caixas de sapato no meio do chão da quadra.

— Você comprou sapatos novos para nós? — alguém pergunta. — *Essa* é a surpresa?

— Não exatamente! Vão dar uma olhada, garotas! Encontrem seu número! Feliz Dia de Ação de Graças!

— Tenho os pés chatos — Ariadne diz, uma ruiva que se identifica como wiccana e que mora no Conifer House. — De verdade, não posso usar sapatos produzidos em massa...

— Meu Deus! — Madison grita, depois de abrir a tampa de uma caixa tamanho 39. — São patins! — ela diz e levanta com reverência as botas brancas novas em folha do seu leito de papel de seda e as abraça forte. Madison aperta os olhos alegremente por trás dos seus antiquados óculos cor-de-rosa. — Eu costumava patinar em competições de patinação artística quando era criança! Desisti na sexta série quando não consegui completar o salto *axel*, mas ainda assim... Ah, eu *adoro* patinar!

— O que você fez, Mary Pat, roubou um caminhão? — Trin diz, aproximando-se ceticamente da pilha.

— São de um doador anônimo — Mary Pat explica, entregando a Trinity uma caixa. — São todos novos!

— São nossos? Podemos ficar com eles?

— Bem, sim e não — Mary Pat afirma e pigarreia. — Os patins terão que ser guardados aqui na quadra de esportes. Por motivos de segurança.

— Suicídio por patins de gelo — Vera diz, tirando uma bota do papel de embrulho e fingindo cortar sua garganta com a lâmina. — Imagine as manchetes.

— Sério, Vera? Isso é necessário? — Mary Pat retruca, torcendo o nariz.

— Isso é obrigatório? — Bronwynne pergunta. Ela é outra wiccana do Conifer House. — Porque tenho objeções de consciência a esportes organizados.

— Sou do sul da Califórnia — Soleil diz. — O que eu sei sobre patinação no gelo?

— Eu também não tenho experiência com esse esporte — Freja acrescenta.

— Mas eu posso ensinar a você, Freja!

A expressão facial de Freja se contrai com um leve sinal de desgosto pela proposta de Madison.

— Você não precisa...

— Eu posso ensinar a *todas* vocês! Meu antigo treinador costumava dizer que patinação artística é como andar de bicicleta: você pode vacilar um pouco no início, mas depois que pega o jeito, é uma habilidade que terá para sempre!

— Madison, acho que você será uma treinadora maravilhosa — Mary Pat afirma com um sorriso. Em seguida, aponta para algumas de nós que estão paradas taciturnas junto à parede da quadra. — Isso vai ser divertido, meninas — diz e olha para cada uma de nós, com o rosto alongando com a intensidade do seu sorriso. — Tudo bem?

— Faça-me um favor — Vera sussurra para mim, testando a afiação da lâmina no dedo e tirando uma gota de sangue escuro no processo. — Se algum dia eu ficar tão obcecada por alguma coisa, me leve para a floresta e me deixe com os malditos lobos.

32

O clima no fim de semana de Ação de Graças está bom, frio e claro e, apesar de nossas hesitações iniciais, passamos quase todo o tempo no gelo. Enquanto praticamos, os membros da nossa equipe de fim de semana se sentam no tronco perto da margem para nos incentivar. Mary Pat, em particular, nos observa com tanta satisfação que estou meio convencida de que o "doador anônimo" é a mãe de Madison e que tudo isso é apenas um plano cuidadosamente tramado pelos pais dela com a equipe de Red Oak para ajudar a melhorar a autoconfiança de Madison e amadurecê-la até a primavera, deixando-a curada e saudável, bem a tempo do baile dos alunos do penúltimo ano do ensino médio.

Mas é legal ver esse lado dela. Fora do gelo, ela ainda é uma comedora de mãos esquisitona e desajeitada, mas depois que calça os patins é como se Madison se transformasse em uma pessoa diferente, em uma *atleta*, que sabe instintivamente como mover seu corpo pelo mundo. Observá-la deslizar para a frente e para trás, exibindo suas piruetas, ensinando-nos o nome de cada uma, é um belo lembrete de que todo mundo tem mais dentro de si do que você pode ver na superfície e que, algumas vezes, as pessoas podem nos surpreender no bom sentido.

Como a maioria das outras garotas aqui, nunca fui muito de esportes. Tá, isso não é bem verdade: joguei futebol no ensino fundamental. Eu gostava bastante e não era perna de pau. O problema, porém, é que, quando você é criança, os esportes são apenas esportes, e você pode praticá-los pela simples e maravilhosa razão de que é divertido. No entanto, quando você chega ao ensino médio, os esportes se tornam mais do que isso. Eles estão ligados à identidade, inseridos no ecossistema do seu mundo social, um significante para as outras pessoas de como situar você. No primeiro ano do ensino médio, na época dos testes de primavera para o time de futebol feminino, eu já estava marcada: a vagabunda que seduziu o namorado de uma garota do último ano, que se embebeda nas festas, que fica chapada, que faz boquetes em quase estranhos. Garotas assim não jogam futebol. Todos sabem disso e, então, de que adianta tentar? Agora me pergunto, enquanto dou voltas no lago Onamia, praticando minhas habilidades vacilantes e recém-descobertas, se toda a minha carreira de cagadas no ensino médio poderia ter sido evitada se eu tivesse aparecido no campo de treinamento naquela tarde chuvosa de março em vez de ter ido a casa de Marnie roubar chicletes de maconha de sua avó artrítica. E se eu tivesse sido selecionada para o time de futebol? Talvez a disciplina de todos aqueles treinos matinais, a responsabilidade com minhas companheiras de time e o técnico, a necessidade de prestar muita atenção no que eu estava consumindo... Talvez tudo isso tivesse me mantido honesta. Me mantido boa. Talvez até boa o suficiente para me reclassificar na hierarquia social. Eu poderia ter tido uma identidade de atleta. Eu poderia ter sido uma boa menina de bochechas rosadas e tranças com as cores da escola. Teria tido pernas musculosas envoltas em calças de agasalho feminino e teria usado chinelos Adidas com meias. Teria ido a jantares do time, regados a espaguete preparados na casa de alguém pela mãe de alguém. Teria ido a viagens de ônibus com Taylor Swift como trilha sonora para torneios interestaduais. Teria participado de festas castas e sóbrias com o time masculino do primeiro ano.

Acho que Vivian tem razão sobre como permiti que as opiniões de outras pessoas a meu respeito se tornassem profecias autorrealizáveis: talvez se eu tivesse simplesmente aparecido para aqueles testes idiotas nunca teria acabado aqui.

Mas não há muito que eu possa fazer a respeito agora, exceto patinar pelo lago até que minhas pernas ardam, até que eu me lembre de que ainda posso usar meu corpo do jeito que costumava usar quando era criança: para o propósito único do meu próprio prazer.

33

— Gostaria de recomeçar de onde paramos antes do feriado — Vivian diz na nossa sessão de segunda-feira.

— Onde é que paramos? — pergunto, esticando as pernas, maravilhosamente doloridas por causa do meu fim de semana sobre patins.

— Estávamos falando sobre se você teve relações sexuais emocional e fisicamente satisfatórias com seus parceiros.

— Ah, sim, agora me lembro. E eu disse que preferia falar a respeito da minha falecida mãe do que sobre minha vida sexual.

— Mas, Mia, se você não falar comigo, não posso ajudá-la. E se eu não posso ajudá-la, então não posso acompanhar seu crescimento. E se eu não posso acompanhar seu crescimento...

— Então você não pode me amadurecer, e vou ficar presa aqui até morrer de tédio ou completar dezoito anos, o que acontecer primeiro?

Vivian simplesmente sorri para mim.

— Tudo bem — digo e relaxo na poltrona, puxando minhas pernas doloridas junto ao meu peito. — O que você quer saber?

— Obrigada — Vivian diz e pega a caneta. — Por que não começamos do início?

— O início?

Sou boa em fingir que sou burra e não sei do que as pessoas estão falando. Fiz muito isso no ensino fundamental, onde estava tentando me adaptar como uma inteligente normal e não uma inteligente estranha. Claro que Vivian sabe que estou apenas enrolando.

— Sim. O início. Por que você não me conta sobre sua primeira experiência sexual, Mia?

— Argh. Tá, o nome dele era Scottie. Ele era um cara mais velho.

— Quão mais velho?

— Ah, não, apropriadamente mais velho. Ele era do último ano e eu do primeiro.

— Então você tinha o quê, catorze anos? Quinze anos?

— Catorze.

— Você era bem jovem, hein?

— Quer dizer... Não tão jovem — digo e lanço um olhar para Vivian. — Ou era?

— Bem, é muito mais jovem do que alguém com dezoito.

— Ele poderia ter dezessete. Ele não me disse quando era a porra do aniversário. Não trocamos, tipo, signos astrológicos.

— Quer me contar sobre isso?

— Não há muito que contar. Tudo não durou mais do que dez minutos do início ao fim.

— Então não deve demorar muito para você me contar.

— Sim, mas só que... Não quero. Por que, em vez disso, você não me dá outra das suas aulas chatas de etimologia? É disso que estou a fim.

— Mia, você precisa me deixar ajudá-la — Vivian diz gentilmente.

Interpreto seu gesto de gentileza como uma ameaça: *Ou você se abre para mim ou você não vai a lugar nenhum, garota*. E por isso, porque não consigo me imaginar passando um inverno inteiro aqui sem enlouquecer no nível Jack Nicholson em *O Iluminado*, eu cedo. Conto para ela a história, toda a história, sobre mim e Scottie Curry e as coisas que vieram depois, e até choro um pouco porque imagino que ela talvez considere minhas lágrimas como um sinal de sinceridade, sinal de que estou mesmo fazendo o trabalho emocional. Quando acabo de falar, Vivian me entrega um lenço de papel.

— Mia, você alguma vez contou a um adulto o que aconteceu entre você e Scottie? — Vivian pergunta.

Deixo escapar uma risada seca e rouca.

— Quem? Tipo meu pai? Porque isso não seria nada constrangedor.

— Mia, sei que você está tentando ser sarcástica sobre isso. Mas estou aqui para lhe dizer: sua experiência não foi normal.

— Ah, devia ter tido jazz e lençóis de seda, não é?

— Mia.

Vivian equilibra o caderno de anotações no colo e estende as mãos para segurar as minhas entre as suas. Olho para baixo, em dúvida, com os dedos dela entrelaçados nos meus.

— Han... Você se esqueceu da Regra dos Quinze Centímetros, Viv?

— Mia — ela volta a dizer —, o que você acabou de descrever para mim é um abuso sexual. Scottie abusou de você.

— *Abuso* sexual? Tipo *estupro*?

Ela faz que sim com a cabeça. Puxo minhas mãos com força para longe dela.

— Meu Deus. Aqui vamos nós. Olha, eu não sou a porra de uma *vítima*, o.k.?

— Estupro não é apenas algo que acontece com garotas em becos com estranhos.

— Meu Deus, Vivian. Você ouviu uma palavra do que eu disse? *Eu* tomei a iniciativa. *Eu* me vesti para ele. Eu *pensei* em "pare", mas nunca me preocupei em *dizer* "pare". Isso não é estupro. Isso é só uma garota idiota do primeiro ano fazendo coisas idiotas e recebendo exatamente o que ela merece durante o processo.

— Ele perguntou alguma vez se você queria fazer o que estava fazendo?

— Eu o beijei primeiro! Claro que ele achou que eu queria!

— Ele perguntou alguma vez se não tinha problema? Se *você* estava bem? Você disse essa palavra, "sim", alguma vez?

— Não, mas...

— Um garoto mais velho, em uma posição de relativo poder, convidou você para a casa dele, transou com você, apesar do seu silêncio absoluto e claro desconforto, depois permaneceu calado e permitiu que você fosse vítima de zombarias, deixou que sua vida desandasse e nunca mais falou com você. Ele abusou de você, Mia. E ele deixou você sozinha para arcar com as consequências. Pense nas repercussões que isso teve em sua vida. E, depois, nas repercussões que isso teve na vida dele, se é que houve.

— Essa é a merda mais estúpida que já ouvi. Você está tentando me dizer que fui estuprada e eu nem sabia disso. Porra, não sou *idiota*, Vivian.

— Não, você não é idiota. Você é apenas... Deixe-me colocar dessa forma. Então, no início da Segunda Guerra Mundial, o filósofo e jornalista judeu Raymond Aron fugiu de sua casa em Paris. Ele se mudou para Londres e ingressou nas Forças Francesas Livres. Anos depois, quando questionado se tinha se dado conta das perversidades que os nazistas estavam cometendo contra seu povo na Europa continental, ele respondeu: "Eu sabia, mas não acreditava. E porque não acreditava, eu não sabia".

— Não quero uma de suas aulas de história estúpidas agora.

— Scottie estuprou você, Mia. Isso é algo que você sempre soube. Você só não queria acreditar. E porque você não queria acreditar, você não sabia.

Puta.

Vagabunda.

Porca.

Depósito de porra.

Lixo branco.

Piada.

Buraco quente.

Se as palavras podem atingir um ponto de saturação, onde você as diz tantas vezes que elas deixam de ter significado, então talvez os corpos também possam. Se eu compartilho meu corpo com bastante gente, ele deixa de pertencer a mim. Pertence ao mundo e o mundo pode fazer o que quiser com esse corpo que já foi meu.

Puta. Vagabunda. Porca. Depósito de porra. Lixo branco. Piada. Buraco quente.

Putavagabundaporcadepósitodeporralixobrancopiadauracoquenteputa-
vagabundaporcadepósitodeporralixobrancopiadaburacoquenteputavagabun-
daporcadepósitodeporralixobrancopiadaburaco...

— Respira fundo.

Ouço a voz de Vivian, abafada, vinda de algum lugar. Minha cabeça está nos meus joelhos, minhas mãos estão pressionadas sobre minhas orelhas e sinto falta de ar, mas pelo menos ninguém está me tocando.

— Respira fundo. A partir da sua barriga. Respira fundo a partir da sua barriga.

Mas não posso...

Não consigo...

— Sua vida não precisa ser...

O que há de errado comigo?

— Sua vida não...

Por que sou tão...

— Sua vida...

Por que sou assim? Por que ninguém me disse que não há testes experimentais; que tudo o que você faz na sua vida conta; que você pode beber ou fumar o suficiente para esquecer o que você fez e o que foi feito com você, mas você não pode fazer nada para esquecer como você se sentiu?

— Permita-se imaginar algo melhor.

Mas...

— Algo que mereça quem você é. Algo melhor do que você já teve.

Mas...

— E então se perdoe pelos erros que vieram depois. Perdoe-se e deixe ir.

34

Não durmo bem.

Sinto essa palavra — "estupro" — como um animal pequeno e cruel, encurvado e pressionando meu peito durante a noite inteira. Talvez se eu gritasse a palavra muitas vezes poderia destruí-la, mas o formato dessas sílabas parece sujo em minha boca e, de qualquer forma, não quero acordar Madison, que tem dormido como uma vencedora desde que começou seu programa de patinação no gelo.

Na tarde seguinte, que está intensamente ensolarada, mas muito fria, a treinadora Leslie nos leva até o lago para a aula de educação física. É exatamente o despertador de que preciso. Aqui fora está tão frio que meus olhos não param de lacrimejar e minha pele de tremer. O frio flutua acima da água congelada, serpenteando pelas minhas pernas e cabeça como uma dose de café expresso de corpo inteiro. Meu próprio cérebro parece uma escultura de gelo áspero, com pensamentos agudos entalhados nele, claros e potentes. Um desses pensamentos: estou feliz por estar aqui, pelo menos por enquanto. Minha vida em Red Oak é rigidamente planejada como uma sinfonia. Não há variáveis, nenhum x. Não tenho mais escolhas. Mas eis a troca, e me surpreendo ao considerar que talvez seja justa: pelo menos eu sei que estou segura aqui.

Nós, mesmo as wiccanas avessas aos esportes do Conifer House, conseguimos agora atravessar de uma extremidade do lago a outra sem parecermos palhaças. Enquanto isso, Madison tem se reunido com a treinadora Leslie no gelo durante o relaxamento construtivo para praticar seus saltos, e hoje ela os apresenta para nós: o *salchow*, o *toe loop* e o *lutz*. Enquanto ela rodopia e salta sobre a superfície do lago, nós a recompensamos, após cada pouso perfeito, com aplausos estridentes.

— São movimentos simples — Madison afirma com timidez, mas seus olhos brilham por causa do esforço e do prazer. — Não são nada demais.

Então, Freja sugere que Madison tente o *axel*, o salto que ela nunca conseguiu realizar, que pôs fim aos seus dias de patinação.

— Se você consegue dar todos esses outros saltos, Madison, por que você não é capaz de dar esse?

As garotas do Birchwood House e do Conifer House e a equipe da escola reunidas no tronco dão gritos e acenam em concordância.

— Vocês não entendem — Madison diz, com as mãos se agitando diante da boca, enquanto ela gira em pequenos movimentos nervosos pelo gelo. — O *axel* é o único salto que você decola indo para a frente. Vai contra a física.

— Talvez nunca tenha sido um problema de física, mas de confiança — Freja afirma.

— Não, não, é um salto muito difícil, mesmo que não pareça. E nunca seria capaz de pousar porque sou muito pesada. Se eu tivesse um corpo de patinadora...

— Seu corpo é bonito — Freja afirma com simplicidade. — O que há de errado com seu corpo?

— Você acha meu corpo bonito? — Madison pergunta, com as mãos sempre agitadas, ainda junto ao coração.

Por um momento, temo que ela desmaie de emoção.

— Sim. É um corpo forte. Um corpo saudável — Freja responde e apoia as mãos firmemente nos quadris. — Você vai executar esse *axel* para nós.

— Ma-di-son! Ma-di-son! — alguém da turma do Conifer House começa a entoar.

Então, todas nos juntamos ao coro, mas nossos incentivos não são realmente necessários. Foi Freja quem decretou que Madison executará seu *axel* e, para Madison, a opinião de Freja é a única que importa.

— Confiança — Madison diz pausadamente. — Você tem razão. Quer dizer, patinar é um esporte mental mais do que as pessoas pensam. Se eu *acreditar* que posso fazer...

— *Exatamente*. Então você consegue!

Saímos da frente e nos reunimos na margem do lago congelado para dar espaço suficiente para Madison. Contendo a emoção, ela morde o lábio e os olhos ficam vidrados, o que paralisa sua expressão em pura determinação. Ela está cerrando os dentes, dobrando e esticando os braços, ganhando impulso. Ao passar zunindo por nós, seus braços se estendem para cima, sua perna se move como o ponteiro de um relógio e, então, ela está no ar, girando firme, um arco, um cálculo, cruzando o céu. Não digo isso levianamente: Madison está magnífica.

Ela vira a perna para fora, preparando-se para o pouso, mas até eu, alguém que não sabe quase nada sobre patinação no gelo, sou capaz de perceber que não há espaço suficiente entre o ar e o solo. Madison calculou mal e bate o quadril no gelo, com um estrondo que faz meus dentes estalarem. Algo desliza pela superfície do lago. A princípio, acho que é um pássaro, talvez uma perdiz que se assustou com o estrondo. Então, percebo que é a peruca dela, que se soltou dos grampos durante o impacto e está deslizando pela superfície plana e escorregadia do lago Onamia.

Agora, claro...

Suponho que o que aconteceu seja objetivamente engraçado. Uma pessoa que cai é um fato engraçado. Já uma pessoa que perde uma peruca ao cair de bunda é um fato provavelmente hilário.

Só que essa pessoa é Madison. Madison e seu orgulho recém-conquistado a duras penas. Uma pessoa que morde, arranca, espreme e arranha cada superfície de si mesma, tornando evidente a tortura dos seus pensamentos afligidos pela ansiedade, que está convencida de que é feia e procura defeitos em si mesma como uma forma de lidar com essa convicção, que se sente ainda mais feia porque procurou defeitos em si mesma, como um espelho distorcido em frente a outro espelho distorcido, refletindo o eu de volta ao eu em ruínas, continuamente ao infinito. Madison, que por um momento esperançoso acreditou em Freja; que possuir a coisa que você mais quer é uma simples questão de confiança. E para pessoas como Freja, que nascem em um mundo e em um corpo que lhes assegura o tempo todo que elas merecem todas as coisas boas que já tiveram, talvez seja. Mas Madison é diferente. É por isso que você pode provocá-la, pode cutucá-la, pode zombar dela com uma mistura de exasperação e carinho — todas nós fazemos isso, o tempo todo —, mas você nunca pode rir de Madison.

Todo mundo não sabe disso?

Freja não sabe disso?

Sua risada majestosa borbulha no ar impiedoso, límpido e frio, chocando-se contra Madison como um golpe. Vera patina para recuperar a peruca, enquanto vou ajudar Madison a se levantar. Ela empurra meu braço, apoia-se sobre as mãos e os joelhos e se levanta devagar, segurando o quadril. A treinadora Leslie patina até nós, em movimentos longos e elegantes que nos fazem lembrar que ela já jogou hóquei profissionalmente.

E Freja continua rindo.

Ela se dobrou de tanto gargalhar, não parecendo notar que ninguém mais está rindo. Madison olha em volta sem parar. A determinação desapareceu de sua expressão. Voltou a ser ela mesma, patinando com movimentos trêmulos e desajeitados em direção à beira do lago onde empilhamos nossas botas e nossos casacos. Ela arranca os patins e enfia os pés com meias de volta nas botas de neve. Enquanto ela volta mancando para a escola, podemos ouvir seus soluços ecoando através do gelo.

— Qual é a porra do seu problema? — Vera pergunta, patinando ameaçadoramente em direção a Freja, segurando a peruca debaixo do braço como um animal morto.

— Sinto muito — Freja diz, enxugando os olhos. — Estou chocada! Não sabia que não era o cabelo de verdade dela!

Patino até Freja, perto o suficiente para que eu consiga ver os finos pelos loiros cobrindo seu lábio superior. Perto o suficiente para que meu hálito, seco e azedo por causa de todo esse exercício, faça com que ela se afaste um pouco de mim.

— Tenho que ir ver a minha amiga — sussurro, segurando seu rosto com as pontas dos meus dedos. — Mas acredite: vou voltar para pegar você.

35

Em Red Oak, há uma escada, no edifício acadêmico, que ninguém nunca usa. Para evitá-la, preferimos pegar o caminho mais longo para ir das nossas aulas acadêmicas até o laboratório de informática. Um dia, logo que cheguei aqui, perguntei o motivo.

— É assombrada — Swizzie explicou, dando de ombros.

— Dois suicídios — Vera acrescentou. — Com um mês de intervalo. Muito antes de qualquer uma de nós estar aqui.

— São apenas dois andares, mas elas pularam de cabeça.

— Mergulharam.

— *Chuá!*

Eu tinha rido. Isso é o que você faz às vezes quando ouve alguma coisa terrível que aconteceu com alguém que poderia ter sido você.

Não estou rindo agora.

Madison está desaparecida e eu já verifiquei nosso quarto, o escritório da administração, a enfermaria e a cozinha. Ela não está em nenhum desses lugares e não há nenhum outro lugar na escola que eu conheço que ela possa ter ido.

Exceto um.

Atravesso o pátio coberto de neve, com meus dedos dos pés dormentes em minhas botas. O edifício acadêmico está silencioso, abandonado. Caminho em direção à porta corta-fogo que leva à escada, que se abre com um rangido baixo. O piso é de concreto. Duro de rachar a cabeça. Olho para cima. Os corrimões que terminam no segundo andar foram todos substituídos por barras metálicas altas, como as ripas de um berço de bebê. Elas chegam até lá em cima, onde são aparafusadas ao teto. Não se consegue pular, nem mesmo dá para tentar. E, dessa vez, agradeço àqueles que dedicaram seu tempo a tornar Red Oak seguro até para os bebês de todo o planeta por nos salvarem de nós mesmas.

O jantar está rolando e Madison não aparece. Nem Freja. Talvez Freja esteja sendo punida, ou talvez Mary Pat a escondeu em algum lugar solitário para sua própria proteção, como fazem nas prisões. Inteligente. Não falo muito. Enquanto isso, mastigo distraidamente panquecas de batata feitas com os restos dos restos do dia de Ação de Graças. Estou pensando. Assim que termino de comer e lavar minha louça, fujo do relaxamento construtivo para o meu quarto, que é onde eu finalmente encontro Madison, aconchegada sob as cobertas, encarando a parede. Mary Pat deve ter devolvido sua peruca, porque ela está aqui, despenteada, colocada torta na cabeça de isopor. Está escuro, exceto pela minha luminária da escrivaninha, embora ainda falte uma hora para o apagamento das luzes.

— Oi — digo a uma distância segura. Nenhuma resposta. Madison está chorando baixinho. Seus ombros tremem. — Madison.

— Por favor, não acenda a luz.

— Tudo bem. Não vou acender. Está tudo bem com você?

Madison se senta, acende sua luz de leitura e se vira para mim.

Tropeço para trás. Ela ainda está segurando uma pinça na mão. Não sei como a conseguiu. Pinças são itens de cuidados pessoais proibidos e agora eu sei o motivo.

Os olhos de Madison estão vermelhos e carecas. No pulso, ela tem uma pequena coleção empilhada e triste de pelos minúsculos.

Ela passa o dedo ao longo da linha da pele pálida e arqueada, onde uma de suas sobrancelhas costumava estar.

— Só queria fazer um pouco — Madison diz. — E então não consegui parar.

— Não faz mal — digo. Estou tentando não olhar para sua testa gigantesca. Então *esse é* o objetivo das sobrancelhas, percebo de repente. É para fazer você esquecer que os olhos, o nariz e a boca ocupam apenas cinquenta por cento da superfície do rosto. — Eu entendo. Você estava chateada.

— Sim.

— Tudo bem.

— Você sabia que sou a única garota daqui, além de Freja, que veio para Red Oak sem o transporte? — Madison revela, baixinho. — Ninguém teve que me imobilizar ou me forçar a sair da cama no meio da noite. Depois da história da bomba no carro, meus pais simplesmente sugeriram que eu viesse a um lugar como este. Agarrei a chance. Achei que se desaparecesse, a vida deles seria melhor.

Distraidamente, Madison estende a mão para puxar as sobrancelhas, mas logo percebe que elas não estão mais ali.

— Bem, você pensou errado. Tenho certeza de que seus pais amam você — digo.

— Não, eu pensei certo. Minha mãe é professora de economia. Não sou o que você chamaria de uma pessoa com "valor agregado". Não agrego nada de bom à vida de ninguém.

— Olha. Pare, o.k.? — digo. — Eu tive esses mesmos pensamentos. Principalmente depois…

Paro de falar.

— Depois do quê?

— Eis o quão pouco penso de mim — digo, subo a escada do beliche e me sento de pernas cruzadas ao lado dela em sua cama. — Só soube que esse cara me estuprou depois que Vivian disse para mim. Achei que fosse só sexo ruim. Achei que era só como os caras do último ano tratavam as garotas do primeiro.

Madison pisca para mim com olhos redondos e sem cílios por trás de seus antiquados óculos cor-de-rosa. Ela não diz nada. Todas as suas unhas estão machadas com sangue marrom seco.

— Mas agora eu sei, né? Agora eu sei. Afinal, ao que parece, aprendi algo neste lugar. E, Madison, você conta. Quer dizer, quem se importa com esse lance de "valor agregado"? Você não sabe que números negativos também têm valor? A álgebra se estende nas duas direções. Assim como a vida. Tá?

— Tá — Madison responde, fungando e contemplando suas mãos torturadas.

— Onde você conseguiu uma pinça?

— Não fui emboscada pelos homens do transporte. Lembra? Tive tempo para me preparar.

Ela aponta para uma fenda que fez no fundo da mala, onde um pequeno estojo de manicure — contendo uma lixa de unha cor-de-rosa, um cortador de unha revestido de glitter prata e uma tesoura de cutícula de aço inoxidável — está escondido.

— A maioria das pessoas da nossa idade usa esconderijos para ocultar camisinhas e maconha. Mas você não.

— Eu não — Madison diz e consegue sorrir.

— O.k. — afirmo e estendo minha mão, com a palma para cima. — Passa para cá o contrabando. Sua região púbica vai me agradecer de manhã.

Madison suspira, mas obedece. Recoloco a pinça no estojo e, com um olhar furtivo por cima do ombro para ter certeza de que ela não está vendo, retiro cuidadosamente a tesoura e a escondo na manga do meu moletom. Em seguida, acomodo o estojo de volta em seu esconderijo.

36

Caminho ao lado de Madison para tomar o café da manhã, sentindo-me mais como uma guarda-costas do que como uma companheira de quarto. Ao longo de todo o caminho pelo pátio coberto de neve, ela abaixa a cabeça para esconder seu novo visual. Claro que seu trabalho com a pinça não escapará do escrutínio de Mary Pat na conversa em grupo, mas talvez ela consiga tomar o café da manhã, antes de ter que enfrentar as consequências.

Na fila para pegarmos cereais matinais e ovos, percebo que Freja decidiu sensatamente começar a fazer suas refeições com as garotas do seu próprio dormitório.

— Porra, o que aconteceu com o seu rosto? — Trinity grita assim que colocamos as bandejas na mesa.

— Cale a boca, Trin — Madison murmura, girando a colher melancolicamente no mingau.

— Mas o que você fez?

— O que parece que eu fiz? — Madison retruca.

Ela leva o café da manhã à boca segurando a colher com uma mão, enquanto cobre a parte superior do rosto com a outra, como se estivesse insuportavelmente claro antes do amanhecer no refeitório.

— Você está sem as *sobrancelhas.*

— Sabe, Trinity, talvez se o lance pornográfico não der certo, você poderia ser detetive.

— Isso é por causa da Freja? Porque tudo o que você precisa fazer é dar uma ordem e nós damos uma surra na cara nela.

— Não! — Madison exclama, erguendo os olhos de repente com a expressão congelada em grande surpresa. — Por favor, não dê uma surra nela, Trinity. Tá? Tô falando sério. E nem estou com raiva dela. Provavelmente foi engraçado eu caindo, perdendo a peruca e todo o resto. Quando as coisas são engraçadas, as pessoas riem. Elas não conseguem evitar.

— *Eu* não ri — Trinity diz e percorre a mesa com os olhos. — *Você* riu, Mia?

— Não.

— E você, Vera?

— Não, não ri.

— Está vendo? Nenhuma de nós riu. E você sabe por quê? Porque não foi engraçado.

— Você sabe o que seria engraçado? — Vera pergunta com a boca cheia de maçã.

— O quê?

— Dar uma surra na Freja.

— *Gente...*

— Madison tem razão, galera — digo e dou um sorriso tranquilizador para Madison. — Não vale a pena nos metermos em encrenca e começar uma guerra civil com as garotas do Conifer House por causa disso.

— Não sei — Vera contesta, arranca o talo da sua maçã e a descarta em sua tigela de cereal intocada. — O inverno por aqui é muito chato. Uma guerra civil entre dormitórios pode ser a distração de que precisamos, já que provavelmente não vamos mais patinar no gelo.

— Eu entendi, mas acho que devemos respeitar a vontade de Madison nesse caso.

Trinity começa a contestar. Quando Madison se inclina para levar outra colher de mingau à boca, dou uma olhada para Trinity. Então, ela entende. Você não vive isolada com as pessoas durante meses sem ser capaz de interpretar os olhares mais sutis de cada uma. Nós três — Trin, Vera e eu — compartilhamos um sorriso secreto junto as nossas bandejas do café da manhã. Elas entendem minhas palavras não ditas: *Eu tenho um plano.*

Por causa da pinça de Madison, sei que enfrentaremos uma busca no quarto do tipo que Dee gosta, batendo na porta com uma mão enquanto gira a maçaneta com a outra. Então, após a limpeza da cozinha, a caminho da conversa em grupo, entrego a tesoura de cutícula para Vera.

— Fique com isso até amanhã — sussurro. — Traga com você para a aula de educação física.

37

Na quadra de esportes de Red Oak, os chuveiros do vestiário são semicomunitários. São fechados o suficiente para serem aprovados na inspeção de pais céticos — clientes em potencial —, que vêm fazer uma visita ao lugar, mas públicos o suficiente para nos negar até mesmo um momento de verdadeira privacidade. São dez boxes sem portas, cinco junto a uma parede e cinco junto a outra, de modo que, mesmo que você não consiga ver as garotas nuas ao seu lado, pode muito bem ver a garota diretamente de frente a você e as outras de cada lado dela. Não podemos usar nossos próprios produtos de higiene pessoal nas aulas da quadra. Uma grande torre com reservatórios de xampu, condicionador e sabonete baratos fica entre os dois corredores dos chuveiros, forçando a garota a sair à vista pública sempre que precisar pegar algum deles.

O vestiário também possui cinco boxes privativos, equipados com reservatórios de sabonete próprios. Nós temos a opção de utilizá-los sempre que quisermos, mas ninguém os utiliza, porque, se uma garota solicitar um boxe privativo, então a treinadora Leslie precisa ficar do lado de fora da porta do boxe para monitorá-la e, em consequência, para monitorar todas nós. E como não gostamos de qualquer intromissão em nossos momentos muito limitados de liberdade sem acompanhamento, o pensamento de grupo de Red Oak decretado é que tomar banho privativo é um ato anormal. Se você solicita um chuveiro privativo, você é uma princesa, uma diva ou a porra de um floquinho de neve. Ou você deve ter colocado as mãos em um instrumento de automutilação — a mola de uma lapiseira, talvez, ou a borda afiada de uma embalagem plástica de compota de maçã —, e agora está tentando esconder a lesão que provocou. Ou é uma aberraçãozinha tão pervertida que seus hábitos de masturbação não podem esperar até que as luzes se apaguem e você tenha certeza de que sua companheira de quarto está dormindo, como uma pessoa normal. Independentemente do motivo imaginado, ninguém nunca toma banho privativo.

Como resultado dessa situação, fiquei bastante familiarizada com os corpos das minhas colegas de classe. Sei se os mamilos são grandes ou pequenos, rosados ou castanhos. Sei quem tem estrias, marcas de nascença, acne e cicatrizes, autoinfligidas ou não. Sei a cor e a quantidade de pelos pubianos, e onde cada garota carrega secretamente um peso extra. Conheço cada dobra e cada músculo, cada coxa e cada curva do ombro.

Conheço o corpo de Freja.

Conheço a estreiteza da sua cintura, a sua bunda redonda e empinada, as suas costas longas e lisas, com uma única verruga bem no meio, como se, ao pressioná-la, a fizesse ganhar vida. As próteses mamárias que eu não sabia serem próteses mamárias até que Trinity perguntou a ela diretamente, e Freja admitiu. O cabelo comprido e espesso, tão lustroso quando molhado que parece uma cascata de vinil preto.

Hoje, fiquei de olho especialmente nele.

— Ela, que zomba das carecas, que se junte às fileiras das sem cabelo — Vera sentenciou quando sussurrei meu plano para ela e Trinity depois das aulas matinais de ontem, enquanto atravessávamos o pátio. — Eu gosto disso.

A treinadora Leslie fica sempre parada do lado de fora da entrada do vestiário quanto tomamos banho, ou pelo menos deveria ficar, mas sabemos que ela é viciada em jogos da liga de futebol americano e, hoje à noite, os Vikings vão jogar contra os Bears.

Trin pega o chuveiro mais próximo da entrada, aquele que normalmente não é utilizado porque qualquer pessoa que passe na quadra pode ver você diretamente.

Ela acena com a cabeça para mim quando Leslie, depois de ficar à porta por alguns minutos, volta ao seu computador do escritório para fazer algumas apostas.

Ligo meu chuveiro. Levo algum tempo tirando meu agasalho de educação física e meu top, onde guardei a tesoura de cutícula que Vera me entregou no começo da aula, e que ficou me golpeando de tempos em tempos durante o nosso torneio de badminton.

Vera pegou o chuveiro de frente ao meu. Distraidamente, ela está esfregando a própria cabeleira preta desgrenhada, esperando por um sinal. Assim que Freja sai do seu boxe para pegar xampu, com seu peito de silicone abrindo caminho, aceno com a cabeça.

Em um instante, estamos sobre Freja, levando-a ao chão. Sinto uma pontada de dor no joelho quando ele quebra a torre com produtos de higiene pessoal. Demoro um momento para entender que Freja está se debatendo embaixo de mim como um peixe que foi pescado. Com os olhos arregalados, Vera desliza até ela, segurando suas mãos para trás, enquanto Trinity cobre sua boca e eu levanto um grande e encharcado chumaço do seu precioso cabelo. Junto o máximo que posso entre as lâminas da tesoura de cutícula e aperto bem. Com a boca tapada pela mão de Trin, Freja luta e grita tão violentamente que seria possível pensar que estávamos cortando seus dedos em vez do seu cabelo.

— Cale a boca — sussurro em seu ouvido. — Talvez da próxima vez que você decidir partir o coração de alguém com sua risada estúpida, pense duas vezes.

— *Parem!* O que vocês estão *fazendo*?

Madison sai cambaleando do chuveiro, com o cabelo pingando e os seios balançando. O problema que estamos enfrentando é que tínhamos que agir rápido, antes de as outras garotas conseguirem nos impedir, mas essa tesoura é feita para cortar pequenas porções de pele enrijecida, e o cabelo de Freja é muito comprido, grosso e abundante.

— Volte para o banho — Vera grita enquanto corto freneticamente. — Volte!

— Parem! — Madison grita. — O que vocês estão... *Parem!*

Garotas nuas agora estão saindo dos seus boxes para olhar embasbacadas, repreender, incentivar ou tirar sarro — afinal, independentemente do sentimento delas a respeito de Freja, esse é um entretenimento ótimo e muito necessário — mas tudo o que sei é que o cabelo dela é muito *grosso* e a lâmina da tesoura é muito *cega*.

E eis que chega a treinadora Leslie parecendo um diabo de moletom, com o vapor girando ao redor dela e se assentando em gotículas nebulosas no alto de seu coque de cabelo branco. Enquanto sou arrastada por suas mãos e pelas de Dee, que parece ter se materializado do nada, me sinto quase instantaneamente drenada da raiva que cultivei em relação a Freja desde o que ela havia feito contra Madison. Ao vê-la ali, reduzida a um monte soluçante sobre os ladrilhos molhados, com uma pequena parte do cabelo perto do rosto tosada até a altura da orelha, sinto um desabrochar doentio de culpa e vergonha pelo que fiz. É bem decepcionante: achei que fosse mais durona.

38

— Boa noite, senhor e senhora Dempsey. O objetivo dessa audiência hoje é discutir a agressão física que ocorreu no vestiário no início desta tarde.

— Agressão física é um pouco de *exagero*, não? — intervenho. — Cortamos um pouco do cabelo dela com uma tesoura de *cutícula*.

— Como Mia bem sabe, e vocês também, senhor e senhora Dempsey, aqui em Red Oak temos uma política de tolerância zero contra violência física de *qualquer* tipo — Mary Pat continua sem olhar para mim.

— Sim, nós sabemos, Mary Pat — meu pai concorda rapidamente. — Estamos muito envergonhados com o comportamento de Mia.

— Envergonhados, mas não surpresos — Alanna afirma, com os dedos roçando o nariz como um lembrete nada sutil do que eu sou capaz.

— Isso significa que você está me expulsando? — pergunto. — Porque posso fazer minha mala em cinco minutos.

— Mia, dá um tempo! — meu pai perde o controle. — Você acha isso engraçado?

— Não, não acho engraçado. Não achei engraçado quando minha companheira de quarto arrancou toda a sobrancelha sozinha na cama. Ou quando ela me disse que ela não tem importância e que se odeia. E não vejo *Freja* tendo uma audiência disciplinar por causa disso.

— Mia, você não precisa se preocupar com Freja — Vivian diz. — Estamos aqui para falar a seu respeito.

— Sim, bem, estou enjoada e cansada pra caralho de falar a meu respeito. Já fiz o máximo de autoanálise que consigo suportar. Então, vamos direto ao ponto. Vocês vão me expulsar ou não?

— Tenho certeza de que você adoraria isso — meu pai diz. — Mas não vai escapar assim tão fácil, garota.

— Legal. Bem, nesse caso, vou simplesmente relaxar aqui até que Vivian decida que estou "curada" com base em fatores completamente subjetivos. Ou até que vocês fiquem sem dinheiro. O que não vai demorar muito agora.

— Na verdade, espertinha, temos *muito* dinheiro para pagar suas mensalidades — Alanna diz.

— Mentira! — afirmo e dou uma risada. — Eu sei o quanto você ganha. E sei o quanto meu pai ganha. Eu sei quanto custa esse lugar por mês. E sou melhor em matemática do que você.

— Você se acha mais inteligente do que todo mundo, não é? Mas você não sabe tudo. Nem de longe.

— Alanna...

Vejo quando meu pai coloca a mão no braço dela e lança a ela um olhar.

— O quê? — Alanna pergunta irritada.

Algo estranho está rolando ali. A expressão presunçosa e dissimulada dela. A aparência dele de pânico crescente.

— O que está acontecendo? — pergunto.

— Conte para ela!

— Meu Deus, Alanna, essa não é a hora nem o lugar — meu pai diz, esfrega a mão no rosto e se recosta no sofá.

— Bem, senhor e senhora Dempsey, se pudéssemos voltar ao assunto em questão... — Mary Pat pede.

— Hora nem lugar para quê? — pergunto, interrompendo.

Meu pai fuzila Alanna com os olhos, o que eu teria curtido muito mais se não fosse essa sensação que agora está alojada no meio do meu estômago, tão dura e nodosa quanto um caroço de pêssego.

— *O quê?*

Meu pai olha para Vivian, que acena com a cabeça para ele, quase imperceptivelmente. É quando percebo que, independentemente do segredo que ele está guardando, sou a única nesta sala que ainda não sabe.

— Mia, temos que contar uma coisa para você — meu pai diz. — E você não vai gostar.

Fico olhando para a tela, para o rosto que é uma aproximação digital do rosto do meu pai. O Wi-Fi daqui não possui uma qualidade alta o suficiente para captar as nuances dos olhos cansados dele.

— Essa é uma discussão valiosa para se ter, mas agora estamos reunidos para discutir as consequências da Mia — Mary Pat reclama.

Eu a ignoro. Meu pai também. Aliados, ainda, apesar de tudo.

— Temos tido algum... Ah... Algum apoio financeiro para o pagamento da sua mensalidade da Red Oak, querida.

— Tudo bem — digo, devagar. — Você quer dizer uma bolsa de estudos?

— Não exatamente — meu pai diz, volta a passar a mão pelo cabelo e olha fixamente para o teto. — É... Meu Deus. O.k. Nós... Sua mãe tinha uma apólice de seguro de vida.

— E? — digo e o encaro.

— E era para receber muito dinheiro — meu pai responde e pigarreia. — Quer dizer, isso é muito relativo, querida — ele acrescenta depressa. — Para algumas de suas novas amigas, não significaria muito. Não são milhões ou algo assim. Mas é muito para nós. E desde que o seguro foi pago, quando você era uma garotinha, eu meio que... fiquei sentado nele. Achei que gastá-lo seria como se estivéssemos convertendo sua mãe em dinheiro. Como se estivéssemos entregando pedaços dela. Mas então percebi que ela *se foi*, Mia. E nunca mais vai voltar. Sua mãe comprou essa apólice em seu benefício. E então, agora, com você fora de controle, selvagem, senti que estava te perdendo e pensei: sua mãe iria querer isso. É assim que devo gastar esse dinheiro.

— Seguro de vida da mamãe — repito as palavras vagarosamente.

— Quando acabar aí, quando você atingir o amadurecimento ou seja lá como chamam isso, ainda deve sobrar algum dinheiro para ajudar a pagar a faculdade. E é nisso que quero... É nisso que gostaria de gastar o resto.

Não sei por que estou tão chateada. Meu pai tem razão; minha mãe se foi. Ela morreu. Está morta para sempre. Já está morta há tanto tempo que poderia muito bem nunca ter estado viva. Mas ainda assim parece muito errado. Como se fosse uma profanação do pouco que me resta dela. Fecho os olhos e tento respirar fundo, do jeito que me foi ensinado a fazer, o que é tão mais difícil e menos eficaz que comprimidos que não sei por que alguém se dá ao trabalho.

— Então o único motivo de você ter esse dinheiro é porque minha mãe foi assassinada —digo, por fim. — Esse é o dinheiro da morte dela.

— Não é... Não quero que você pense dessa maneira.

Ele olha para Alanna em busca de apoio, mas dessa vez, ela fica em silêncio. Alanna se contorce de modo incômodo e olha fixamente para suas unhas com francesinha.

— E vocês *pegaram* esse dinheiro? — pergunto, virando-me para Vivian e Mary Pat agora. — Vocês sabiam de onde ele vinha e vocês o pegaram?

— Mia... — Vivian diz e tenta colocar sua mão na minha, mas eu a puxo para longe.

— Não me *toque*. Você é *nojenta*. Pegar dinheiro sujo que só existe porque um homem pôs as mãos em volta do pescoço da minha mãe e apertou até ela morrer? E depois a jogou no mar como um monte de lixo? Destruir o patriarcado já era, certo? Vocês acham que se não falarem nada, que se guardarem segredo, isso as absolve? Vocês são como mulheres de *mafiosos*. Enquanto o dinheiro estiver fluindo, não dão a mínima. Isso é o que vocês duas são: mulheres de mafiosos.

— Eu entendo que você esteja com raiva — Vivian diz baixinho. — Mas acho que é uma analogia bastante imperfeita.

— Foda-se, Vivian. Você não entende nada sobre mim.

— Mia — meu pai implora. — Eu conhecia sua mãe melhor do que você. Ela teria querido isso. Ela não iria gostar que você jogasse fora seu potencial, seus dons, andando por aí com esses... Esses *otários* que você...

As palavras do meu pai fazem meu coração murchar porque sei que talvez sejam verdadeiras.

— Você não precisa se preocupar comigo, pai — digo o mais calmamente possível, levantando-me da cadeira. — Tenho mais bom gosto para homens do que a minha mãe.

Eu me afasto do seu rosto na tela. Dou as costas para ele, do mesmo jeito que ele fez comigo naquele dia de outubro quando contratou aqueles imbecis do transporte para me levarem embora de casa.

39

Está um gelo lá fora, e não estou vestida para isso porque tinha planejado apenas ir a essa audiência disciplinar idiota e depois voltar ao meu quarto, mas mudei de ideia e decidi dar uma volta na floresta.

As tifas congelaram e outras plantas aquáticas estão rachadas pelo vento ou enterradas sob a neve. O lago é uma moeda congelada cercada por uma parábola de abetos verde-escuros. O céu está tão carregado de nuvens cinzentas que parece prestes a cair sobre as copas das árvores. E em todos os lugares ao meu redor há esse verdadeiro silêncio da floresta, tão redondo e cintilante quanto uma bolha.

É esse silêncio que não suporto. Imagino minha mãe, Allison Dempsey, jovem, linda, o tipo de mulher que não ama ser mãe, mas que ama ser *minha* mãe, entrando em algum escritório e comprando uma apólice de seguro para si mesma, só por precaução, caso algo terrível aconteça, porque ela se conhece, sabe que é imprudente, burra e selvagem, e mesmo que não esteja disposta a mudar seu comportamento, pelo menos está disposta a assumir a responsabilidade por todas as coisas que continuarão acontecendo depois que virar um fantasma. Talvez soubesse que Roddie era um psicopata; talvez tenha percebido os sinais, mas, mesmo assim, fugiu com ele. Mas não faz mal, não tem problema, não é culpa dela: ela comprou um seguro de *vida*.

Todos esses anos, achei que os garotos eram o meu problema. Garotos que pressionam, forçam, tomam e riem. Xander. Scottie Curry. Dillon Keating na floresta. Os garotos que puseram as mãos em mim na praia ou me ofereceram drogas em festas anônimas em subúrbios arborizados cujas ruas não conheço. O pequeno grupo dos garotos do time de hóquei que ficou reproduzindo sons sexuais quando tentei recitar meu poema idiota para o Poesia em Voz Alta na aula de inglês do sr. Chu no primeiro ano. "Uma raça selvagem", sussurrei, olhando fixamente para eles com seus cortes de cabelo idiotas, "que se amontoa, dorme, come e não sabe de mim".[24]

Mas agora percebo que, quando penso nisso de verdade, são as mulheres em minha vida que me machucaram mais profundamente, que causaram o dano real, que me fizeram do jeito que sou. Minha mãe, que me abandonou. Minha madrasta, que me trata como um apêndice extra no corpo da nossa família. As garotas da escola, que me perseguiram, pisaram nos meus calcanhares, jogaram coisas em mim, me xingaram dos piores nomes. Marnie, que me abandonou quando comecei a ficar com a reputação de vagabunda.

E agora posso adicionar Mary Pat e Vivian a essa lista.

O que eu sempre disse — o que eu até disse especificamente para Vivian — é que talvez eu tenha entregado meu corpo muitas vezes, mas o compromisso, a única coisa que continua me fazendo sentir como ser humano, é que minha mente é só minha. Intocável.

Mas eu deixei Vivian entrar. Contei coisas a ela. Mencionei nomes, dei detalhes.

Chorei para ela. Pedi para ela me ajudar, e ela me ajudou. Confiei nela, o que foi um erro burro. Veja como ela me pressionou e me estimulou a falar, a contar coisas. Eu não me sentia à vontade, e Vivian sabia disso, mas, seja como for, ela me forçou.

Devia ter reconhecido a linguagem.

Você precisa confiar em mim, Mia.
Você pode contar para mim.
Você precisa desabafar. Abrir sua boca
e falar

---

24. *A savage race that hoard, and sleep, and feed, and know not me*, no original. Verso do poema "Ulysses", de Alfred Tennyson.

Abrir suas pernas
e me deixar entrar
Não sou como esses outros caras.

Confie em mim.

PARTIDA

I fucked up, I know that, but, Jesus,
can't a girl just do the best she can?

— Lana Del Rey, "Mariners Apartment Complex"

(Eu fodi tudo, eu sei, mas, Jesus,
uma garota não pode fazer o melhor que consegue?)

40

Às vezes, quando estou me sentindo muito deprimida e não sei como sair dessa, digo a mim mesma que não existe essa coisa de tristeza ou raiva. Aliás, também não existe essa coisa de felicidade ou amor. São apenas reações químicas. A descarga de sinapses, uma injeção de dopamina, uma explosão de serotonina, ondas cerebrais se conectando aos nervos. Digamos, por exemplo, que você foi traída por seu pai. Ou algumas garotas do último ano da escola chamam você de puta em uma excursão escolar. Ou sua madrasta ignora sua formatura da oitava série para ir ao recital de balé das filhas verdadeiras dela. Ou você encontra o laudo da autópsia[25] de sua mãe em algum site da internet para malucos voyeurísticos. Qualquer uma dessas coisas pode fazer você achar que está triste, magoada, com o coração partido. Porém, nesses momentos, acho que ajuda lembrar que você não passa de um bípede, um monte de matéria recebendo sinais químicos. Você pode optar por prestar atenção a esses sinais ou não, exatamente da mesma forma que pode optar por respeitar ou ignorar um sinal de pedestre ou uma placa de pare.

Mas eis o que tenho pensado: se os sentimentos, as emoções e os pensamentos não são realmente reais, então o que resta?

Ação. Erguendo as pernas, dobrando e esticando os braços, movendo as botas pela neve.

É por isso que decido fugir.

---

25. Completo, incluindo fotos, para um divertimento extra!

41

Depois de as luzes serem apagadas na noite da minha audiência disciplinar, espero Madison adormecer. Então, me esgueiro pelo corredor até o quarto de Vera. Jogo uma barra de Snickers, salva da "cesta básica" que Lauren e Lola me enviaram no dia de Ação de Graças,[26] na cama de Soleil, que aceita o suborno e se manda para o banheiro para que Vera e eu possamos conversar em particular.

— Vou fugir. Quer vir comigo? — pergunto a ela.

— A audiência foi tão ruim?

— Pior.

— A minha foi relativamente indolor. Minha mãe está nas Maldivas, então, não pôde atender a ligação. Ela passou para o meu pai, que está muito feliz em terceirizar minha educação moral.

— Você vai vir comigo? Preciso ir. Tipo, logo.

— Você sabe que é uma caminhada de quase treze quilômetros pela floresta até chegar à rodovia, não sabe?

— Sim.

— E que estamos no inverno?

— Sim.

— Em Minnesota?

— Sim.

— E que há ursos e lobos nessa floresta?

---

26. Outros itens: um par de botas minúsculas de esqui da Barbie, um Band-Aid roxo usado que Lola recebeu após ser vacinada contra a gripe, um autorretrato borrado de Lauren desenhado com giz de cera, cinco folhas de bordo vermelho colhidas em nosso quintal e um brinquedo do *Frozen 2* do McLanche Feliz quebrado que ainda cheira tentadoramente a McDonald's.

— Será? Porque uma floresta cheia de predadores selvagens parece uma história conveniente de Mary Pat para nos deixar com muito medo de fugir.

— Não estou dizendo que estou com medo — Vera diz e boceja. — E não estou dizendo que não vou fugir. Só estou dizendo que talvez fosse melhor esperarmos a primavera, não?

— Não.

Então, finalmente, conto para Vera a história da minha mãe. O que Roddie fez com ela. Como seu corpo havia chegado à praia com algas no cabelo, um saco plástico de supermercado enrolado no pé e hematomas em volta do pescoço. Como sua morte me ensinou que, se você não tem lembranças de uma pessoa, ela nem sequer pode visitá-la em seus sonhos. E em seguida falo do dinheiro da minha mensalidade, como sinto que as pessoas estão roubando de seu túmulo para pagar por essa merda, e agora que sei disso, juro que vou morrer antes de passar mais um dia como uma garota de Red Oak.

Durante todo o tempo que estou falando, Vera fica sentada e ouve em silêncio, com a expressão imutável. Quando termino, ela olha para fora, para os pinheiros cobertos de neve e, então, assente.

— Agora, isso sim, é o que você chama de questão central — ela diz.

— Isso é um sim?

— Claro — Vera responde.

Ela se inclina e me abraça por um longo tempo, com braços tão magros que me sinto envolvida por um vestido pendurado num cabide.

— Só espero que consigamos escapar — digo, com minhas palavras abafadas pelo cabelo comprido e oleoso de Vera.

— Mia, nas palavras de Mary Pat: "A esperança não é uma estratégia" — ela diz, ao recuar, me segurando em seus braços.

42

Não há nada de anormal em dar um passeio na floresta. Na verdade, caminhadas solitárias na natureza são uma prática que Red Oak não só permite como também incentiva, devido à crença de Mary Pat & cia nas Propriedades Curativas da Mãe Natureza®. Tudo bem que não temos permissão para ir além do lago, e nem em grupos ou duplas. Mas desde que a gente saia em momentos diferentes, Vera e eu não levantaremos suspeitas, mesmo que alguém nos veja saindo.

Portanto, nunca foi uma questão de partir, e sim só de escapar.

Nossa primeira ordem de serviço é roubar provisões do refeitório, que é uma tarefa mais difícil do que se imagina quando não se pode ter bolsos. Mas, durante toda a semana, conseguimos um gotejamento constante — uma maçã enfiada em um top, uma barra de granola socada em uma meia, sacos de pretzels metidos nas mangas dos nossos moletons com capuz. Um dia antes de partirmos, Vera ainda consegue sair do refeitório com meio pão dentro da calça, que, dado seus hábitos de higiene, não pretendo comer, independentemente de quão faminta eu esteja.

Vamos sair depois do almoço, pouco antes do início das aulas vespertinas. Vera vai primeiro; dez minutos depois, será a minha vez. Ela vai esperar por mim na extremidade do lago, sob o abeto gigante que marca o fim das nossas trilhas de caminhada, o mais distante na floresta que podemos ir, porque é onde as câmeras de segurança terminam, e sumimos do mapa rumo à imensidão verde de Minnesota. Isso vai nos dar quase cinco horas antes do pôr do sol, o que deve ser tempo mais do que suficiente, se tudo acontecer a nosso favor, para chegar à rodovia antes de escurecer. De lá, pegaremos carona para Mineápolis e procuraremos uma garota chamada Jenya, companheira de quarto de Vera antes de Soleil. Em sua cerimônia de amadurecimento, Jenya disse a Vera que nunca voltaria para a casa dos pais na Pensilvânia, que iria puni-los para sempre pela traição de enviá-la para Red Oak, e que se estabeleceria em Mineápolis, especificamente no bairro de Northeast, com todos os hipsters e artistas, onde iria fundar uma banda punk só de mulheres chamada Teen Fun Skipper,[27] e que se Vera tivesse a oportunidade, deveria aparecer por lá.

Então, temos Jenya, pensamos. Também temos botas de neve resistentes, gorros, luvas térmicas, balaclavas e casacos compridos;[28] nosso estoque de comida roubada, uma bússola aristocrática que sobreviveu ao naufrágio do *Titanic*, e um único saco de dormir bem enrolado de Vera, pois ela não tem acesso a lençóis[29] devido ao seu histórico de tentativas de suicídio. O saco de dormir é feito de material sintético barato, não projetado para acampamento ao ar livre, mas é grande o suficiente para que possamos compartilhá-lo se algo der muito errado e acabarmos precisando dormir na floresta durante a noite.

Porém, tento não pensar em tudo que pode dar errado. Se eu

---

27. Em 1964, a Mattel Toy Company criou uma irmã mais nova para sua amada boneca Barbie: a Skipper Roberts. Algumas décadas depois, em 1988, a empresa reformulou a boneca e a rebatizou de Teen Fun Skipper. A atualização de sua forma corporal deixou essa nova e aprimorada Skipper mais alta — quase tão alta quanto sua irmã mais velha! —, com cintura fina e seios e olhos ampliados, insinuando uma espécie de *vibe* ingênua sexy, mesmo que ela devesse ter cerca de treze anos.

28. Seção 4.1 do manual de alunas da Academia Red Oak: lista de suprimentos.

29. "Eu nunca me enforcaria, de qualquer jeito", Vera zombou uma vez durante uma conversa em grupo. "Faz você se cagar. É indigno. Se eu decidir que vou tentar de novo, vou fazer como Virginia Woolf: direto para a água com os bolsos cheios de pedras."

fizer isso, se realmente avaliar a ideia de caminhar treze quilômetros de floresta no auge do inverno setentrional com uma nova-iorquina emocionalmente instável e uma bússola centenária como meus únicos guias, sei que vou perder a coragem.

Enquanto isso, Vera parece tranquila, relaxada, quase despreocupada. Um dia, quando começo a questionar nosso plano, os perigos, as condições, a nossa falta de qualquer experiência em uma floresta etc., ela cita Virgílio:

— *A sorte favorece os audazes!* — e, em seguida, Dua Lipa — *Garoto, eu tô pouco me fodendo!*

O que faz com que eu me sinta melhor. Claro, ela não é mais entusiasta da vida ao ar livre do que eu, mas *é* uma sobrevivente, e uma das pessoas mais espertas que conheço. Se ela não está com medo, por que eu deveria estar?

E só na manhã de nossa partida que me ocorre um pensamento: talvez Vera não tenha concordado em fugir comigo porque ela é leal, durona e corajosa. Talvez seja porque antes ela tenha desejado muito morrer.

43

Como a maioria das outras garotas em Red Oak, Vera e eu somos mentirosas talentosas. Por isso, quando chega o grande dia, mesmo que meu coração bata aos pulos, ninguém suspeita de nada. Vamos para o café da manhã, para a conversa em grupo e para as aulas matinais como de costume. É o aniversário de dezesseis anos de Charlotte, do Conifer House, o que é uma feliz coincidência, já que todas estão preocupadas planejando a pequena e triste comemoração que vão dar para ela depois do jantar no refeitório.

Estamos dentro do programado para uma partida pontual, quando, após o almoço, no exato momento em que estamos saindo do refeitório para pegar nossas coisas, topamos com um obstáculo.

— Garotas — Mary Pat diz, vindo em nossa direção do nada e bloqueando a porta com seu corpo atarracado. — A chef Lainie precisa de ajuda para espremer laranjas para o ponche da festa.

— Sério, MP? — Vera bufa. — Você não pode pegar a Madison ou outra garota que goste dessas coisas?

— Vera, onde está sua empatia? Você já pensou no que todo aquele ácido cítrico faria com as mãos de Madison?

— É para isso que servem as luvas de borracha.

— Bem, você não acha que se vai saborear o ponche mais tarde, a coisa certa a fazer não seria ajudar no trabalho de *prepará-lo*? Aqui em Red Oak...

— "... dividimos nosso trabalho como uma comunidade..." — Vera finaliza. — Sim, sim, estou familiarizada com seu discurso comunista.

Sabemos que não podemos recusar mais. Seria suspeito e poderíamos ser acusadas de comportamento narcisista.

— Muito obrigada, camaradas — Mary Pat grita enquanto nos dirigimos para cozinha.

A piada é tão não a cara de Mary Pat que, ainda que nossos nervos estejam à flor da pele, caímos na gargalhada.

Como não podemos manusear facas afiadas, nem mesmo sob supervisão, a chef Lainie já fez o trabalho de preparação de cortar ao meio uma pilha gigantesca de laranjas. Ela entrega a cada uma de nós um espremedor de suco de plástico e começamos a empalar e a girar cada fruta, despejando o suco em uma grande tigela de ponche de plástico brilhante. A chef Lainie seca a faca, tranca-a em uma gaveta e arrasta uma cadeira do refeitório para vigiar nosso trabalho, sentando-se com um gemido espalhafatoso.

— Uau, Lainie — Vera diz, puxando um gomo da laranja da casca e colocando-o na boca. — Você parece minha avó. Você não é assim tão velha, é?

— Beirando os cinquenta, o que você provavelmente acha que é a idade de uma anciã — ela responde fazendo uma careta. — Mas não é isso. Quebrei o quadril em um acidente de carro quando era adolescente e ele foi fixado com uma placa de titânio. Não me incomoda tanto, mas, meu Deus, começa a doer muito quando uma tempestade está prestes a começar.

— Uma tempestade?

Vera e eu nos entreolhamos enquanto esmago outra laranja no espremedor com a palma da mão.

— Não há nada na previsão. Mas essa dor é mais confiável do que qualquer boletim meteorológico. Vamos ter uma grande nevasca, tenho certeza. Credo! Mia, querida, faz esse favor para mim, busque um saco de bolinhos de batatas no congelador.

Eu obedeço.

Lainie pega o saco de tamanho industrial de bolinhos de batata congelados da minha mão e o coloca no colo de sua calça xadrez de chef. Vera e eu continuamos a empalar as laranjas em nossos espremedores, enchendo a tigela de ponche, enquanto Lainie supervisiona nosso trabalho com grunhidos ou gemidos ocasionais. Quando finalmente terminamos, com nossos dedos manchados e enrugados, ela nos orienta a cobrir a tigela com filme plástico e colocá-la no refrigerador.

— Suponho que devo escoltar vocês duas para a aula — Lainie diz, enquanto se balança para a frente e para trás e faz uma careta de dor, preparando-se para se levantar.

— Isso é mesmo necessário, Lainie? Tipo, olhe pra você. Você precisa ficar sentada.

— Vocês conhecem as regras, garotas. Andar pela escola em dupla não é incentivado.[30] Como posso ter certeza de que vocês vão direto para a aula?

— Para onde mais se pode ir por aqui? — Vera pergunta.

Lainie olha pela janela, para o céu cinza-escuro, as árvores impenetráveis, os montes de neve fofa sem obstáculos.

— Bem, suponho que você tenha razão — Lainie responde e olha para cada uma de nós. — Acho que, só dessa vez, posso confiar em vocês.

---

30. Seção 4.9 do manual de alunas da Academia Red Oak: Regras gerais — Conduta pessoal: as alunas são desaconselhadas a se envolver em conversas particulares entre si no decurso do dia letivo. Essas conversas, se necessárias, devem ocorrer ao alcance da audição de um membro da equipe da Red Oak.

44

— Ela sabe, não é?

— Com certeza.

— O jeito que ela olhou para nós. Direto nos olhos. Nos desafiando a mentir na cara dela.

— Lainie não deve nos conhecer muito bem. *Claro* que vamos aceitar esse desafio. Não nos tornamos garotas de Red Oak por acaso.

— Você acha mesmo que ela sabe?

— Soleil deve ter nos espionado e nos dedurou como a drogada inútil que ela é.

— Mas então por que Mary Pat não disse nada?

— Ah, você conhece a MP. Isso seria um confronto direto demais. Por que perder uma oportunidade de aprendizado orgânico? Ela prefere enviar sua subordinada com essa história ridícula de "tempestade de neve", armar uma armadilha e ver se fazemos a "escolha responsável".

— Então você acha que não vai nevar.

— O que eu *acho* é que é muito estranho que não tenha tido nada, nadinha, na previsão meteorológica, que, vou lembrar a você, olhamos a semana inteira. Ah, não! Lainie pode *sentir em seus ossos* — ela diz e ri. — Sempre me surpreende o pouco crédito que nos dão. Tipo, nossas pontuações de QI foram vistas.

Quando chegamos ao edifício acadêmico, Vera para e levanta a gola.

— Então o que você quer fazer? Abortarei a missão se você estiver assustada. A decisão é sua.

Viro meu rosto para o céu, para a extensão escura de nuvens baixas e as árvores imóveis.

— Estou indo mesmo assim — respondo. — Entendo se você quiser desistir.

Vera dá um sorriso largo, desliza seu braço pelo meu e dobramos à esquerda, em direção ao Birchwood House, onde nossa bagagem aguarda.

— *A sorte favorece os audazes*, baby.

45

Fico esperando uma sirene disparar, Mary Pat correr atrás de nós, com sua calça para neve sibilando, gritando sobre escolhas responsáveis, ou uma cerca invisível nos dar um choque elétrico assim que passamos o grande abeto que marca o lugar onde não tem mais câmeras. Mas nada disso acontece. Nós apenas saímos de Red Oak: primeiro Vera, depois eu. Eu a encontro junto à árvore e continuamos caminhando. Não leva mais do que dez minutos para nossa floresta familiar se tornar densa, e é quando sentimos os primeiros flocos de neve, tão delicados e lentos que é como se eles tivessem se materializado no ar ao nosso redor em vez de terem caído do céu.

Na primeira hora, a neve cai suave, mas contínua, nada mais intrusivo do que caminhar por uma sala cheia de poeira em um dia ensolarado. O frio é suportável, até revigorante, enquanto Vera e sua bússola do *Titanic* guiam a marcha. Cantamos, contamos piadas sujas, ouvimos nossas risadas ricocheteando nas árvores. Parece que estamos fazendo um bom progresso, com nosso corpo jovem, forte e completamente desintoxicado indo para o leste em direção à rodovia.

Em algum momento durante a segunda hora, o vento aumenta e a neve fica mais espessa. Fechamos o capuz de nossas balaclavas quando as rajadas jogam pedaços de gelo em nosso rosto como punhados de cascalho. Falar fica impossível, com a condensação da respiração congelando o tecido dos nossos gorros. Então, eu fico mais para trás e deixo Vera tomar a dianteira.

Continuamos assim, em silêncio, a cabeça curvada, nos movendo rumo à rodovia invisível, pelo que parece ser uma eternidade. Logo me acostumo com o som da minha própria respiração e a forma escura das costas de Vera em seu casaco comprido, suas botas, sua mochila e seu saco de dormir enrolado preso nos ombros, e à brancura que nos rodeia.

Passa um pouco do que deve ser a nossa terceira hora e Vera para de repente na minha frente.

— Puta merda! — ela exclama e aponta para cima, através da neve rodopiante, para os galhos altos do pinheiro próximo.

Sigo seu dedo e lá está ela, empoleirada acima de nós em um galho verde-escuro: uma coruja, branca como a neve que cai ao redor, com uma camada inferior de penas pretas recortadas, um bico em forma de gancho amarelo, olhos perfeitamente redondos, garras enroladas com habilidade no poleiro. Ela está olhando para nós com uma expressão de tédio tão arrogante que meio que quero ser sua melhor amiga.

Não pensava em Xander há muito tempo, mas penso nele agora enquanto observo essa criatura magnífica, que quase não tem nenhuma semelhança com o mascote idiota de desenho animado pintado no centro de sua quadra de basquete no porão. O que eu vi nele, o garoto rico, abatido e mimado com o bolso cheio de comprimidos, nas arquibancadas da minha aula de educação física? Seus olhos sonolentos, seu toque atrapalhado, lidando com meu corpo como se fosse um recipiente complicado demais, mas necessário em sua busca por prazer. O que me fazia voltar? O que eu estava tentando provar? Quem eu estava tentando machucar? Eu realmente me odiava tanto? As palavras de Vivian voltam para mim, embora eu deseje poder ignorá-las: *Alguns psiquiatras cognitivos acreditam que as pessoas costumam ser atraídas inconscientemente para a repetição de experiências dolorosas.*

— O que quer que você esteja pensando agora, pare — Vera diz, pegando minha mão e dispersando meus pensamentos. — Continue andando.

Ela tem razão. Minha vida, nesse momento, não é mais sobre pensamento ou reflexão. Nem pensamento nem reflexão são reais. Apenas a ação é real. Antes de continuar caminhando contra o vento, me viro para olhar mais uma vez para a coruja, que acompanha nossa partida com um olhar fixo de desdém.

46

Quarta hora. Deveríamos estar nos aproximando da rodovia a essa altura, mas a civilização parece mais distante do que nunca. Esforço-me para ouvir o barulho de carros, a buzina de um caminhão, mas não consigo captar nada além do vento inclemente. A neve parece vir de todos os lados agora, e a luz do sol, já escondida atrás de uma densa camada de nuvens, começa a diminuir. Vera está a apenas alguns metros à minha frente, mas mal consigo vê-la. Ela entra e sai da minha vista, com as rajadas de vento dissolvendo-a como a imagem de uma televisão velha com a antena quebrada. Quando tento chamá-la, minha voz é capturada e carregada pelo grito do vento. Ela estende a mão para não me perder e avançamos com dificuldade, de mãos dadas, cegamente.

Logo estamos mergulhadas na escuridão. Não é uma escuridão que pessoas da cidade consigam entender. Mesmo em Red Oak, que sempre pareceu um lugar um pouco remoto e estranho para mim, havia as luzes dos sensores de movimento no pátio e as luzes vermelhas das saídas de emergência em cada extremidade do corredor do nosso dormitório. Aqui, não há nada. É mais ou menos como a cabine de simulação espacial no planetário, mas sem as estrelas falsas e a noção reconfortante de que tudo isso é apenas uma exposição. Aqui, na floresta, a imensa indiferença do Universo tem fôlego e força; você pode senti-la em todos os lugares, mas ela não consegue sentir você.

Avançamos aos trancos e barrancos. O aperto da mão de Vera é a única coisa sólida, a única coisa que me firma ao chão, mas agora meus dedos estão ficando dormentes demais para segurar os dela. Tropeço em alguma coisa, perco o equilíbrio e mergulho para a frente, caindo com meus membros pesados e grossos na neve. Não consigo sentir Vera em lugar nenhum. Estou me afogando? Ser arremessada pelo para-brisa em um acidente de carro grave, ter uma overdose, meu corpo ser alvejado com tiros na escola, no cinema ou no corredor de material escolar no Walmart, ser estrangulada até a morte com uma corda, uma meia-calça, pelas mãos impiedosas de um estranho: todos esses são jeitos de morrer que levei em consideração, porque são cenários realistas nos quais uma garota americana moderna pode perder a vida. Mas, até agora, nunca tinha pensado na ideia de que poderia ser assassinada pelas condições meteorológicas. Não sabia que tal coisa ainda era possível, aqui no desnudado planeta corporativo do século XXI. Anseio por um Frontal, alguns goles de vodca, *qualquer coisa* para me acalmar, mas meu cérebro está assustadoramente puro e limpo. Ele entende bem o que está acontecendo comigo neste exato momento: estamos no meio do nada, em um lugar e um clima onde com certeza não se brinca. O Grande Norte Branco. A Brancura da Baleia. *Essencialmente, a brancura não é tanto uma cor quanto a ausência visível de todas as cores; é por isso que há tal vazio mudo, cheio de significado, em uma vasta paisagem de neves?*[31]

— Vera — tento chamá-la, mas minha voz está presa na garganta.

Minha respiração está acelerando, não consigo sentir meu corpo, e quando a nitidez e a clareza dos meus pensamentos começam a ficar confusas, percebo que talvez esteja mesmo acontecendo: estou morrendo. E eu não quero morrer, de verdade, não quero morrer, mas é difícil sentir qualquer coisa agora, exceto alívio.

Porque já não sinto medo.

Estou flutuando acima da membrana do mundo. E, em seguida, a escuridão é completa.

---

31. Extraído de "A Brancura da Baleia", *Moby Dick*, de Herman Melville.

47

— MIA.

— Mia.

— *Mia.*

Lentamente, abro os olhos. Minha cabeça e meus membros doem. Estou enfiada no que parece ser o tronco de uma árvore podre, escorregadio por causa do musgo e cheirando como o começo dos tempos. Ao nosso redor, o vento uiva. Vera se inclina na minha frente.

— O que aconteceu? — pergunto, murmurando.

— Você desmaiou. Você tomou Lexapro? Ele deixa algumas pessoas zonzas, sabe. Você quase me matou de susto. Quase perdi você aqui. Se você tomou Lexapro, devia ter me avisado antes.

— Desculpe — digo e olho para cima, para o castanho intenso dos olhos de Vera, a única parte do seu rosto que consigo ver sob a balaclava. — Eu não estou tomando Lexapro. Acho que tomei em algum momento, mas isso foi três terapeutas atrás.

— Então o que aconteceu? Fale para mim. Sem segredos, caralho.

— Acho que só entrei em pânico porque vamos morrer e a culpa é minha.

— Nós não vamos morrer. Pelo menos vamos tentar não morrer — Vera afirma, se agacha ao meu lado e começa a vasculhar desajeitadamente com os dedos dormentes o bolso da frente da sua mochila de plástico transparente. Ela retira alguma coisa e abre a mão enluvada para revelar um saquinho plástico amassado. Inicialmente, acho que são drogas. O que com certeza não fará nada para nos salvar, mas que, dadas as circunstâncias, eu também não recusaria. Porém, não são drogas.

Tento rir, mas meu rosto está dormente demais para fazer as expressões necessárias.

— Onde você...

— Dee conduziu uma hora de meditação na capela no ano passado com algumas velas e fósforos e se esqueceu de trancar tudo depois. Eu vinha guardando em um rasgo no meu colchão para se alguma coisa acontecesse. Eu estava pensando se, de alguma forma, eu encontrasse um cigarro e quisesse acendê-lo, mas funciona também caso eu ficasse presa no meio da floresta durante uma grande nevasca e sem abrigo, exceto por um tronco apodrecido.

Engulo o nó que sinto na garganta. Achei que estava morta e me vem Vera com fósforos.

— Juntei algumas folhas secas, gravetos e coisas assim enquanto você estava desmaiada. Mas não sei o que fazer com eles. Não sou uma escoteira, como você bem sabe.

Sento-me e pego a caixa de fósforos.

— Pela minha honra, tentarei servir a Deus e ao meu país, ajudar as pessoas em todos os momentos e viver de acordo com a lei das escoteiras.

— Cala a boca.

— Caí fora do escoteirismo quando tinha onze anos, mas acho que me lembro.

— Acho bom.

E me lembro. As árvores são tão densas no alto que não há neve no chão ao nosso redor. Então, formamos um círculo com pedras próximas, abrindo espaço para nossa fogueira. Cubro a área com as folhas secas e algumas agulhas de pinheiro caídas, depois arrumo os gravetos no formato de uma treliça, com Vera segurando o saco de dormir ao meu lado para bloquear o vento. Gasto metade da caixa, mas finalmente o fogo acende. Quando isso acontece, nos abraçamos ferozmente, pulando e gritando de alegria. Quando as chamas ascendem ao céu, iluminando as árvores nuas, assobiando e crepitando e, meu Deus, tão quentes, nós nos aproximamos delas de tal maneira que nossas roupas exalam vapores. Concordamos que esse é, sem dúvida, o maior prazer físico que qualquer uma de nós já sentiu.

Cada uma come uma barra de granola e duas maçãs. Depois bebemos punhados de neve limpa. Vera se dirige até a beira do nosso acampamento improvisado para se aliviar. Enquanto está agachada, com a calça arriada em volta dos tornozelos, uma nuvem de vapor se forma ao redor dela quando o xixi atinge a neve. Ela se inclina para trás e uiva para o céu. Sei que ela está tentando fazer graça, mas não rio. Sinto um arrepio percorrer minha espinha, misto de terror e amor, e me junto a ela, também uivando, porque estamos vivas, e temos fogo, e estamos mesmo *fazendo* isso, retomando o controle das nossas vidas malucas.

Enfim, a névasca passa e as nuvens abrem espaço para revelar uma imensa lua cheia no céu. Colocamos o saco de dormir o mais perto possível da fogueira, tomando cuidado para o fogo não derreter o poliéster barato do qual ele é feito. Descalçamos nossas botas e as enchemos de folhas secas para absorver a umidade.[32] Depois, as alinhamos, fumegantes, para secar e deixamos repousar sobre elas nossas duas camadas de meias de lã úmidas. Então, entramos juntas no saco de dormir, enroladas uma na outra, puxamos o zíper e nos fechamos dentro dele.

Estou exausta e o calor do fogo e do nosso corpo me deixa ainda mais sonolenta. Mas tenho medo de adormecer. Não é quando as pessoas morrem de frio? Enquanto dormem? Tenho certeza de que li isso em algum lugar.

Por isso, sugiro que Vera nos mantenha acordadas contando uma história.

— Que tipo de história você quer ouvir?

— Uma história de amor.

— Não conheço nenhuma. Mas posso contar para você sobre Edgar.

— Quem é Edgar?

---

32. Outro truque das escoteiras!

— O último cara com quem namorei. O cara que acabou por me mandar para Red Oak. Certo dia, quando eu tinha quinze anos, faltei à minha aula de piano, ele me pegou e fomos para um piquenique com uma pequena barraca e alguns cobertores. Trouxe algumas coisas do mercado chique que tinha visto minha mãe servir em seus almoços de arrecadação de fundos: salada caprese, amêndoas, figos, esse tipo de coisa. Edgar trouxe um pouco de H. Foi a primeira e única vez que experimentei heroína. Ele injetou, mas eu não. Eu inalei. Eu tinha *critérios*, Mia.

Ela ri um pouco e prossegue.

— A heroína me fez sentir tão bem que não aguentei. Achei que fosse morrer. Era insuportável. Entendo as pessoas que passam a vida inteira correndo atrás desse primeiro barato querendo revivê-lo. Entendo as pessoas que destroem a própria vida, que trocam todos que já amaram por essa sensação...

"Eu deveria estar em casa na hora da aula particular com meu professor de latim, mas meio que esqueci que o tempo era uma coisa que existia. Eu e Edgar ficamos acordados a noite inteira. Vi o nascer do sol na montanha mais incrível da minha vida. Todo o céu ficou com aquela cor rosada maravilhosa que se espalha sobre as sombras dos picos... Aquilo me fez chorar muito e você sabe que não sou chorona. Talvez tenha sido por causa da H, mas acho que não. Acho que fiquei chorando porque sabia que tinha me deparado com o fim de alguma coisa. E me senti aliviada.

"Voltamos para Nova York na manhã seguinte, mas ficamos sem gasolina em Rhinebeck, e um policial gentil, que parou para nos ajudar, acabou prendendo Edgar por pedofilia e sequestro. Meus professores de piano *e* de latim ligaram para minha mãe quando não apareci nas aulas deles. Foi como ela descobriu que eu estava desaparecida e ligou para a polícia.

— Espere — interrompo. — Pedofilia? Mas que idade tinha esse Edgar?

— Trinta e oito.

— *O quê?*

— Ah, relaxe, Mia. Sempre fui muito madura para a minha idade.

— Sim, mas...

— Quer dizer, tá, teria sido melhor conhecer um garoto da minha idade? Com certeza. Mas os garotos da minha escola eram todos horríveis comigo e, afinal, o que Edgar e eu faríamos? Iríamos à porra do baile de formatura juntos?

Vera tinha razão: não consigo imaginá-la, selvagem, furiosamente bela e belamente furiosa com um penteado de coque fixo com spray, usando um vestido de cetim, dançando uma música lenta em uma quadra de esportes decorada com papel crepom com um velhote drogado chamado Edgar.

— O cara antes de Edgar tinha quarenta e três anos — Vera diz baixinho. — Eu o conheci no metrô.

— E o cara antes dele?

Vera leva um tempinho para responder.

— Não sei. Ele disse vinte e quatro, mas eu sei que estava mentindo.

— Você já esteve com alguém da sua idade?

— Nunca. Quer dizer, provavelmente é porque... Ou, pelo menos, Vivian acha... É porque meu tio... Bem, meu tio. Ele não era um cara legal.

Vera está de costas para mim e meu braço está em torno do seu corpo esquelético, por isso não consigo ver seu rosto. *Alguns psiquiatras cognitivos acreditam que as pessoas costumam ser atraídas inconscientemente para a repetição de experiências dolorosas.*

— Vera. Meu Deus! Ele...?

— O quê? Ele me prejudicou irreparavelmente para o resto da vida? Ao que tudo indica, sim. Porque estou aqui, não estou?

— Sinto muito — sussurro.

— Mary Pat fala sobre a diferença entre comportamentos e questões centrais. Bem, você já sabia sobre os meus comportamentos. Mas agora você também sabe sobre a minha questão central. Eu teria te contado antes, mas é tão...

— Você não tem culpa nenhuma.

— Começou quando eu tinha oito anos e não parou até que eu fiz onze, quando finalmente criei coragem para contar para minha mãe. Nos últimos anos, tive que tomar uma decisão: ou ela realmente não sabia de nada naquele tempo todo, o que fazia dela a mãe mais burra do mundo, ou ela sabia e não fez nada a respeito, o que fazia dela a *pior* mãe do mundo. Decidi pela primeira hipótese. É mais fácil perdoá-la assim — Vera diz. Ela está completamente imóvel, com a voz uniforme e tranquila e cada músculo tenso sob sua pele. — Enfim, é uma das razões que Vivian dá do porquê eu ter dezessete anos e ter tomado tantas decisões terríveis. Do porquê eu nunca ter sido beijada por alguém da minha idade. Do porquê tudo na minha vida estar contaminado.

— Não tudo. Isso não. — Eu a abraço dentro do saco de dormir.

Vera é um pedacinho de calor na imensa e fria floresta. A neve cai dos galhos ao nosso redor, fazendo sons sussurrantes ínfimos, enquanto os flocos se derretem no saco de dormir aquecido pelo fogo. Seguro-a até Vera relaxar, até suas mãos se tornarem mãos novamente e não garras. E então, devagar, ela se vira para mim.

— Você tem a minha idade — Vera sussurra.

Pela primeira vez na vida, sei exatamente o que fazer. Coloco minhas mãos com delicadeza em suas bochechas e, sob minhas palmas, sinto as cicatrizes e os inchaços de suas espinhas, o calor de Vera, a dor prolongada que reflete a minha dor. Ao me inclinar sobre ela e beijá-la nos lábios da forma mais gentil possível, me pergunto se a dor é como uma estrutura atômica. Se uma dor colidir com outra dor, elas poderão criar alegria? Poderão gerar amor? Espero que sim. Espero que sim, muito. O cabelo de Vera está quebradiço e suado. Seu hálito cheira a maçãs farinhentas de novembro.

— Isso foi legal — ela diz. — Obrigada.

— De nada.

Então Vera começa a chorar.

Quem me dera ser uma bruxa, uma wiccana *de verdade*, não uma wiccana do tipo da Ariadne ou da Bronwynne. Quem me dera ser uma rainha vodu, alguém bem versada em magia negra. Se pudesse, castigaria o tio de Vera pelo sofrimento causado a ela, e depois Edgar, e o cara antes dele, e o cara antes dele, e todos os cafetões, traficantes, estupradores, manipuladores, ladrões, estranguladores, assediadores e parentes mais velhos nojentos, que têm radares embutidos e mísseis rastreadores de dor que apontam com habilidade e exatidão garotas que são alvos fáceis. Mas sou o que sou, apenas uma fugitiva maluca, uma adolescente problemática, uma vagabunda reformada, e não tenho nada a dar a não ser meu amor imperfeito e puído, o calor do meu corpo na ausência da Regra dos Quinze Centímetros. Então é isso que faço: abraço Vera e a deixo chorar até que sua respiração se acalme e seu corpo relaxe, adormecido, no meu. De manhã, chegaremos à rodovia, pegaremos uma carona para Mineápolis, acharemos o caminho para o apartamento em Northeast de uma garota chamada Jenya, que nem sequer conheço e, então, Vera pode ser a corajosa.

Esta noite, esse trabalho é meu.

48

Durante a noite, acordo assustada, achando que ouvira cavalos que galopam e relincham. Mas estou enganada. São sirenes, centenas de sirenes, uivando sem parar. Mas estou enganada de novo. O fogo queima diante de nós, quente, mas contido, salvando nossa vida, e nessas bandas, na floresta, não há cavalos nem sirenes. Nenhum som urbano. Nenhuma vida animal além da nossa. Somos astronautas, flutuando na escuridão. O céu acima de nós é uma bomba de glitter de estrelas. Abraço Vera com mais força e deixo o sono me sequestrar como um Homem do Transporte, coloco o saco de dormir sobre a minha cabeça e me puxo de volta para dentro dele.

49

Acordo pouco antes do amanhecer porque sinto algo. Algo lá fora, nas árvores, nos observando. Meu primeiro pensamento é que é o fantasma de alguém. Minha mãe, provavelmente, quem mais se daria ao trabalho de me assombrar? Mas Vera também se arrepia.

— Você está sentindo?

Agora está claro o suficiente para podermos ver os contornos das árvores. O fogo da nossa fogueira, embora baixo, ainda queima, emanando um círculo de calor fraco.

— Sim.

Uma sequência de alguma coisa. É o movimento de músculos. Sinto o cheiro de algo úmido e mamífero. Um odor penetrante de urina e sangue.

— Um veado — Vera sussurra, acenando com a cabeça naquela direção. — Talvez até mesmo um alce.

— Não vai nos incomodar, vai?

— Ei, você é a escoteira, não eu.

Ficamos ali deitadas juntas, muito quietas, esperando que o veado ou alce saia de trás das árvores, mas nada acontece, ainda que persista a sensação de estarmos sendo observadas.

— É melhor irmos andando — digo, me impulsionando sem vontade para fora de nosso ninho e esticando minhas pernas doloridas.

— Cinco quilômetros — Vera diz. — Seis, talvez. Quase consigo ouvir os carros.

Estamos acabando de enrolar o saco de dormir e de jogar a neve sobre as brasas adormecidas da nossa fogueira quando os vemos.

Eles saem de trás das árvores em uma fila reta, quase militar. Embora sejamos duas garotas da cidade, nós os reconhecemos de imediato. Definitivamente não são cachorros, e definitivamente não são coiotes.

Definitivamente são lobos.

Oito deles, uma alcateia inteira, enorme, bela e de olhos claros, silenciosa, com pelos espessos e emaranhados cor de pedra, patas esmagando a neve enquanto formam um círculo e nos cercam. Tomo consciência, nos espaços entre as árvores, de um nascer do sol rosado maravilhoso. Por um instante brevíssimo antes de o terror me dissolver, fico impressionada com a beleza estonteante desse quadro.

— Mia.

Nunca ouvi a voz de Vera assim. É puro medo.

— Mia. Que merda, Mia. Mia. Que merda, Mia.

Os lobos se aproximam de nós, com suas patas imensas vasculhando a neve. Cada um deles é tão grande quanto uma motocicleta.

— Não se mexa — murmuro. — E não olhe nos olhos deles.

— Tá.

Mantemos nossos olhos abaixados, evitando seus impassíveis rostos afilados e nos concentrando nas compactas ondulações musculares de suas ancas. Enquanto isso, eles farejam mais perto de nós. Posso sentir o maior me observando e não consigo evitar: encontro seu olhar. Seus olhos são da mesma cor do céu, tão profundos e cheios de astúcia como os de um ser humano. Desvio o olhar rápido, exatamente como desviaria de um garoto por quem me atraio em uma festa que eu não deveria estar. O lobo se aproxima. Sinto o ar sumir, paro de me mover, paro tudo. Preparo-me para o que vai acontecer comigo. Imagino a dor. Imagino a palavra "evisceração", que agora percebo ser o tipo de palavra que parece o que é.[33] O som longo e sibilante que minha pele fará ao se abrir sob as garras do lobo, quando minha cavidade

---

33. Sei que há um termo para isso, mas não consigo me lembrar qual é. Vivian, a nerd da linguagem, saberia.

torácica for rasgada, úmida e vaporosa pela manhã, entregando-se a caninos e dentes. *Evisceração*.

Vera, ao meu lado, fica em silêncio com seus próprios pensamentos. À mercê dessas oito criaturas, permanecemos paralisadas, com nossas vidas colocadas fora de nossos alcances, duas coisas preciosas e reluzentes sobre uma prateleira muito alta, como daquela vez com aqueles garotos na Lake Shore Drive, com a claraboia do depósito quebrando. No passado, disse a mim mesma que meu corpo era apenas um corpo o qual não me pertencia, mas agora me sinto loucamente possessiva por ele. Quero, desesperadamente e tarde demais, que nada aconteça com ele.

Um momento insuportável, que se prolonga por uma eternidade, e então a energia do mundo muda e o lobo maior passa por nós. Os outros o seguem, tão perto que suas patas chutam a neve em nosso saco de dormir e sinto um movimento do ar no meu rosto de um rabo se afastando.

Então, a alcateia desaparece.

Depois do que parece ser muito tempo, soltamos o ar, aliviadas. E deixo escapar um "puta merda".

— Você sabe o que isso significa, não sabe?

— Que somos incrivelmente sortudas?

— Sortudas? — Vera exclama e puxa para cima sua balaclava de forma triunfal. — Isso não tem nada a ver com sorte, Mia. Os animais selvagens não são como pessoas, eles não dificultam as coisas para si mesmos de propósito. É por isso que eles só atacam os fracos.

— Então você acha que eles ficaram com medo de nós?

— Não, eles não ficaram com medo de nós. Eles nos *respeitaram*. Um jogador reconhece o outro e tudo mais — ela responde, ri e nuvens de vapor giram em torno de sua boca. — Eles sabiam que éramos alfas.

Não faço ideia se Vera tem razão ou não. Não sei nada sobre lobos. Exceto que eles poderiam ter nos matado e não o fizeram. Então, *parece* que Vera tem razão. Ontem à noite, estava com muito medo de morrer em uma tempestade de neve e agora, de repente, não sinto medo de nada. Com Vera, poderia conquistar o mundo inteiro. Somos alfas. Somos sobreviventes. Não somos adolescentes problemáticas, mas rainhas da floresta boreal.

O resto da caminhada é moleza. Antes mesmo de o sol estar alto no céu, já podemos ouvir os carros.

50

Estamos morrendo de frio, nossas botas estão vazando, temos dezesseis dólares e meio pão para dividir, mas conseguimos. No acostamento da rodovia 169, sob a luz do início da manhã, esticamos nossos polegares enluvados para pedir carona, observando os faróis passarem a toda velocidade e sendo atingidas pela neve lamacenta. Mas não me importo. Chega de comida de prisão, conversas em grupo ou luzes apagadas às nove da noite, tudo financiado pelo cadáver da minha mãe, flutuando nas águas rasas de Florida Keys. Estou livre.

Acho que ninguém vai parar para nós. Que tipo de anormal com desejo de morrer daria carona hoje em dia? Mas Vera me garante que mais cedo ou mais tarde alguém vai parar, porque somos garotas. E, assim que ela diz isso, alguém para.

Espero que seja uma mulher, alguém de meia-idade ou idosa e inofensiva, mas não temos essa sorte.

É um homem, branco, talvez na casa dos cinquenta anos. Um cara country de verdade, usando uma daquelas jaquetas de lona que todos os *hipsters* da minha antiga escola gostam de usar, exceto que eu acho que esse cara não a comprou ironicamente. Ele usa um boné de beisebol puxado para baixo sobre o rosto. Não gosto disso porque não consigo ver seus olhos. A cabine de sua picape cheira a cigarros, mas quando lhe peço um, ele diz que não fuma.

— Para onde vocês vão? — ele pergunta, olhando para a frente pelo para-brisa manchado do sal jogado na estrada, enquanto uma música de Natal brega toca baixinho no rádio.

— Mineápolis — Vera responde. — Mas vamos nessa direção até onde o senhor puder nos levar.

— Posso levá-las até Milaca.

Vera e eu nos entreolhamos e fazemos que sim com a cabeça. Nenhuma de nós tem ideia de onde fica Milaca.

O homem conduz a picape pela rodovia e ficamos em um silêncio nervoso por não mais do que cinco minutos. Então, ele pega uma saída para deixar a rodovia. É um pouco antes das sete da manhã do dia seguinte a uma nevasca e não há nada ao redor além de pinheiros e neve. Não tem quase nenhum outro carro na estrada.

— Preciso abastecer o carro — ele diz como explicação, sentindo o nosso nervosismo.

— Mas...

Odeio o som da minha voz, tão aguda, trêmula e fraca. Pigarreio. Somos alfas: Vera e eu. Até os lobos sabiam disso. E se eles sabiam, então esse cara também vai saber.

— Seu tanque de gasolina está cheio, cara — digo, tentando de novo, com a voz mais alta e mais firme.

Ele olha para o painel e vejo a contração de seu queixo com um cavanhaque grisalho.

— O medidor de gasolina está quebrado. Preciso manter o controle na minha cabeça de quando preciso de gasolina. E eu preciso de gasolina.

Saímos da rodovia e pegamos uma estrada de duas pistas. Não há ninguém por perto, ninguém. O cara está dirigindo rápido, a mais de 130 quilômetros por hora, a não ser que o velocímetro também esteja quebrado, e o sal espirra no vidro, compactando-se, e os limpadores do para-brisa estão na velocidade máxima. Pela segunda vez hoje — e mal passa do nascer do sol —, estou temendo pela minha vida. Mas esse tipo de medo é muito mais familiar do que o que enfrentamos com os lobos. Sofrimento hereditário: me pergunto o que passou pela cabeça da minha mãe no momento em que ela percebeu que Roddie iria matá-la.

Vera, que está sentada entre nós no assento da cabine, estende o braço e aperta a minha mão. Seus dedos estão pegajosos e seu lábio inferior está tremendo. Agora temos um cérebro reptiliano, exatamente como na floresta. Vera está na minha cabeça. Ela sabe o que estou pensando e isso é reconfortante. Ao contrário da minha mãe, não tenho que passar por isso sozinha.

Mas então tenho a visão mais linda que já vi: uma placa da Shell a distância. O homem entra no posto e estaciona sob o brilho do neon.

— Só um minutinho — ele diz, desembarcando da cabine.

Assim que ele fecha a porta, Vera e eu nos entreolhamos.

— Vibrações negativas?

— Principalmente vibrações negativas — concordo.

Nesse momento, pouco antes de o cara desaparecer dentro do posto, ele se vira, clica algo em seu chaveiro e nos tranca no carro por fora. Estamos presas na cabine imunda da sua picape, que cheira à fumaça rançosa e peidos. Meu Deus, me deixe ser dilacerada por lobos em vez de morrer como minha mãe, nas mãos de um homem que ela achou que poderia confiar.

Se alguém, qualquer pessoa, parasse nesse monte de neve esquecido por Deus precisando de gasolina, poderíamos golpear a janela, gritar por socorro. Mas ninguém aparece. Que tipo de maluco sairia nesse frio a essa hora do dia? Qualquer pessoa normal, qualquer pessoa que não seja uma adolescente problemática em fuga ou um *serial killer* em busca de sua presa, estaria deitado na cama sob as cobertas se aquecendo.

— Precisamos de um plano — Vera diz, lendo minha mente. — Precisamos descobrir um jeito de...

Ouvimos o estalo da fechadura das portas e o som da porta do motorista. Sentimos um cheiro rico, intenso e torrado...

— Achei que vocês pareciam famintas — ele diz e nos entrega primeiro uma caixa de plástico cheia de donuts e depois um porta-bebidas contendo três copos de café fumegantes.

— Você trouxe para gente... *Café*? — Vera diz, com a voz carregada de surpresa.

Os donuts são supergordurosos, uma boa comida de posto de gasolina à moda antiga, com uma espessa cobertura de açúcar de confeiteiro. Sem desmerecer as omeletes de clara de ovo da chef Lainie, mas, bem, às vezes você só precisa de um donut. Nós os devoramos tão rápido que percebo o homem nos olhando com uma curiosidade zombeteira. Porém, o café é ainda melhor: escaldante e maravilhosamente amargo, tanto para aquecer como para acordar. Antes mesmo de Vera terminar o seu, os braços dela começam a tremer e lembro que ela não toma um pingo de cafeína, nem faz uma refeição desregrada, há mais de dois anos.

— Vou ser sincera com o senhor — Vera diz, limpando o açúcar do rosto com a manga do casaco. — Achamos que, quando o senhor entrou no posto de gasolina, o senhor talvez fosse um *serial killer*. Mas não é, certo?

— Não — ele responde, com os olhos fixos na estrada agora.

Começamos a ver as placas para Milaca.

— Quer dizer, um *serial killer* não compraria café e donuts, não é?

— Não sei o que um *serial killer* faria — ele responde. — Porque não sou um.

— Ah, bem, que ótimo.

Por algum tempo, ficamos em silêncio.

— Quer dizer, não fique bravo por *acharmos* que o senhor era um *serial killer* — Vera continua.

Sua voz, normalmente tão grave e segura de si, assumiu um tom em *staccato* de uma garotinha desajeitada tentando parecer mais velha. Vera soa estridente e nervosa. Talvez seja o café. Ou talvez seja o fato de que ela não falava com um homem estranho desde os quinze anos.

— Eu e minha amiga Mia aqui... É que passamos por uma situação de merda. Então, podemos estar um pouco paranoicas.

— Certo.

Ele se inclina e muda a frequência do rádio para uma estação de notícias local. O apresentador está falando de um parasita comedor de cérebro que ameaça a já frágil população de alces. Uma placa no acostamento da estrada indica que Milaca está a cinco quilômetros de distância.

— A grande cidade está perto — nosso motorista afirma e toma um gole do café. — Vocês sabem onde vão ficar em Mineápolis?

— Mais ou menos — Vera afirma. — Tenho uma amiga que mora lá. Com sorte, vamos ficar na casa dela. Se conseguirmos entrar em contato com ela.

— Vocês conhecem alguém em Milaca?

— Não.

— Bem, como vocês planejam ir para Mineápolis depois de eu deixar vocês em Milaca?

— Somos bastante autossuficientes — respondo. — Nós chegamos até aqui, não chegamos?

— Chegaram de onde? Vocês nunca me disseram de onde estavam vindo.

— Bem, o senhor não parece exatamente o tipo convidativo para uma conversa.

— Sim, o senhor é fechadão — Vera concorda.

Damos uma risada nervosa e ele faz um gesto negativo com a cabeça, permitindo-se um sorrisinho. Estamos nos aproximando da saída para Milaca, mas, em vez de virar o volante para sair da rodovia, ele liga o pisca-pisca e pega a pista da esquerda, ultrapassando um caminhão e espalhando neve lamacenta e sal.

— Ei — exclamo, apontando para a saída. — Milaca era para lá.

— Sim, eu sei.

— Mas você acabou de perder a saída.

— Espere — Vera diz. — Então, isso significa que o senhor é um *serial killer*?

— É melhor levar vocês duas até Mineápolis agora. Vocês acham que são duronas. Mas nunca vi duas ovelhas parecendo mais perdidas.

51

Entramos em Mineápolis em plena luz dourada de uma manhã de inverno. Nosso motorista encosta a picape na faixa para carros de bombeiro em frente à Biblioteca do Condado de Hennepin, em Northeast, um prédio de tijolos marrons aconchegado sob pilhas de neve, onde planejamos usar os computadores gratuitos para entrar em contato com Jenya. As portas da biblioteca acabaram de ser abertas.

— Ei — digo, virando-me para o nosso motorista. — Obrigada. Você é um cara muito legal.

— O melhor — Vera concorda.

Ele confirma com a cabeça estoicamente. Não é o tipo de homem que faz muito estardalhaço, mas posso ver que está satisfeito. Procuro a maçaneta da porta do lado do passageiro.

— Garotas, ei — ele diz. — Esperem um pouco.

Por favor, cara, penso. *Por favor, não faça algo nojento e estrague tudo.*

Ele enfia a mão no bolso do jeans e entrega a cada uma de nós uma nota amarrotada de vinte. Sinto muitas coisas: raiva de mim mesma por supor o pior, alegria pelo fato de minhas suposições estarem erradas, deprimida porque sei que não sou louca por fazer essas suposições, culpada por aceitar o dinheiro dele. Grata por ele ter oferecido, porque precisamos. Nós enfiamos as notas no bolso de nossos casacos.

— Boa sorte para vocês, garotas.

Aperto sua mão, que parece tão grande, seca e calosa quanto a pata de um lobo.

— Pronta? — pergunto, voltando-me para Vera.

— Pronta.

Abro a porta do lado do passageiro e saímos para a manhã gélida, com o som das buzinas ao nosso redor parecendo o pouso de mil gansos.

52

Os primeiros frequentadores da Biblioteca do Condado de Hennepin são pessoas como nós, que parecem perdidas e com frio, precisando dos efeitos balsâmicos do aquecimento central e de um bom Wi-Fi. Tiramos nossas camadas de roupas de invernos e puxamos duas cadeiras juntas diante de um computador.

— Faz você — Vera pede, apontando para o teclado.

— Tudo bem — digo.

Mexo o mouse e a tela se ilumina. Clico no ícone do Gmail e espero as instruções de Vera.

— Hum — ela diz.

— O que foi?

— Não lembro minha senha.

— Tudo bem, podem enviar uma nova para você. Qual é o seu endereço de e-mail?

— Não me lembro.

— Sério?

— Cala a boca! Faz uma eternidade. Tenta o Facebook. As pessoas ainda usam?

— A maioria ainda *tem*, acho.

— Bem, eu não.

— Bem, eu sim.

Entro na minha conta. Após oito semanas longe, sou inundada por uma torrente de notificações. Aniversários de pessoas pelas quais não estou nem aí, convites para eventos que já aconteceram há muito tempo, e que provavelmente eu não teria comparecido. Mais de cem notificações e, no entanto, quando dou uma olhada rápida, sinto que não perdi nada.

Apesar de ter sido sua companheira de quarto durante um ano inteiro, Vera não sabe o sobrenome de Jenya. Estou prestes a zoar com a cara dela, mas percebo que, em um lugar tão pequeno e isolado como Red Oak, sobrenomes são supérfluos e, por mais que eu me esforce, não consigo dizer o sobrenome de Madison, Trinity ou de qualquer outra garota, exceto Vera. Porém, não importa, porque embora existam muitas Jenyas na região metropolitana de Mineápolis e Saint Paul, há apenas uma com a foto do perfil de uma boneca Barbie com a cabeça raspada.

— É ela — Vera diz. — Tem que ser.

Envio uma mensagem para ela.

Oi, Jenya,

Meu nome é Mia Dempsey e, neste momento, estou na Biblioteca do Condado de Hennepin com Vera, sua antiga companheira de quarto. Ontem, nós fugimos da Academia Red Oak e acabamos de chegar esta manhã. Estou escrevendo porque Vera disse que, um dia, você falou para que ela te procurasse se viesse a Mineápolis. Bem, aqui estamos nós agora, procurando por você. Se pudesse nos deixar ficar com você por alguns dias, só até descobrirmos o nosso próximo passo, seríamos eternamente gratas. Vamos ficar aqui na biblioteca, talvez tirando uma soneca nas belas poltronas verdes de papasan na seção de leitura juvenil e esperar sua resposta.

Suas amigas (esperamos),

Mia e Vera.

— Agora fazemos o quê? — Vera pergunta.

— Agora, esperamos. Provavelmente por um tempo.

— Por quê?

— Porque a maioria das pessoas no mundo real não acorda antes das oito e meia da manhã de um sábado entrando ansiosamente no Messenger.

— Ei, você sabe o que devemos fazer enquanto esperamos?

— O quê?

— Tomar *mais* café.

Quatro horas depois de enviarmos nossa mensagem, depois de não uma, mas duas idas até a cafeteria mais próxima, depois de examinarmos toda a seção de literatura juvenil da biblioteca, depois de realizarmos leituras dramáticas uma para a outra de uma coletânea de poemas de Sylvia Plath, que descobri nas prateleiras de poesia, depois de vasculharmos o Google e descobrirmos um artigo sobre a bomba de Madison e os ferimentos que sua ex-namorada sofreu na estrada, depois de entrarmos no perfil de Xander no Instagram e Vera considerá-lo um cruzamento infeliz entre Joe Jonas e um guaxinim macilento, depois de a bibliotecária gentilmente nos perguntar se precisávamos de ajuda e, em seguida, com menos gentileza, pedir para ficarmos atentas ao volume de nossas vozes e ao teor de nossa linguagem, voltamos a entrar na minha conta do Facebook e ali, como um belo presente embrulhado, está um bloco de texto embaixo da minha própria mensagem:

PUTA MERDA! VOCÊS FIZERAM O IMPOSSÍVEL. VOCÊS ESCAPARAM DE RED OAK. VOCÊS SÃO MINHAS HEROÍNAS. EU QUERO SABER TUDO. VENHAM AO MEU APARTAMENTO IMEDIATAMENTE. MORO EM NORTHEAST. MEU APARTAMENTO FICA EM CIMA DE UM RESTAURANTE. BASTA TOCAR A CAMPAINHA. FIQUEM O TEMPO QUE QUISEREM. VOCÊS QUEREM VIR AO MEU SHOW ESTA NOITE???

Depois de uma rápida consulta no mapa, voltamos a nos encapotar, jogamos nossos copos de café vazio no lixo e passamos pelas portas de vidro para a cidade branca e gelada.

53

São três quilômetros até o apartamento de Jenya, e a rua está um gelo. Porém, depois das nossas compras de café, sobraram uns quarenta dólares, que precisam durar indefinidamente até conseguirmos encontrar alguma outra fonte de renda. Por mais que o vento esteja cortante e as nossas pernas estejam doloridas, pegar um táxi está fora de cogitação. Até mesmo uma passagem de ônibus seria muito cara. Vamos a pé.

— Então, que tipo de garota Red Oak era essa Jenya? — pergunto. — Ruim normal ou só não boa?

Nós estamos aconchegadas em nossos casacos, passando apressadas por barbearias e mercearias, com nosso corpo pressionado um no outro em busca de um calor extra.

— Ah, eu adorava a Jenya, mas ela era um caso clássico de só não boa. Problemas de raiva. Espalhava um monte de merda pelo nosso quarto. Ficava toda trêmula e gritava sempre que Mary Pat tentava escolhê-la na conversa em grupo. Mas sempre tive a sensação de que seus problemas eram apenas uma fase, sabe? Imaginava que ela acabaria superando-os e, algum dia, eu a veria no YouTube, usando escarpins e blazer de lã e dando, tipo, uma conferência TED sobre corrupção no setor odontológico ou algo assim. Achava tudo um pouco... Não exatamente falso. Apenas exagerado. Sabe o que quero dizer?

— Sim — respondo.

Estou pensando em Marnie, minha amiga do primeiro ano, na vez em que ela fez diversos furos em minhas orelhas, em nossas tardes passadas sob nuvens de maconha em seu quarto; *ele com certeza quer transar com você!*, e de como, quando as pessoas começaram a fofocar a meu respeito, de como eu era louca e vagabunda, ela não poderia ter me abandonado mais rápido do que abandonou.

— Eu sei.

Chegamos a uma rua chamada Central Avenue NE e viramos à direita, seguindo as instruções da nossa pesquisa.

— Jenya era uma daquelas garotas que o problema não era ela. O problema eram seus pais. Eles pareciam um casal de idiotas que ambicionava um altíssimo desempenho. Sabe o tipo, não? Aquele que basicamente enxerga a filha como uma candidata ambulante à universidade com lacunas no currículo, em vez de um ser humano real com, tipo, uma vida própria. Sempre achei que, uma vez que Jenya se livrasse deles, ela ficaria bem.

— Bem, acho que estamos prestes a descobrir.

O chão da porta estreita ao lado do restaurante está cheio de cupons de desconto, utensílios de plástico, latas amassadas de energéticos e cervejas, bitucas de cigarro. Apertamos a campainha. O café bateu em mim, foi absorvido e se dissipou, e agora me sinto dominada pela exaustão, como se tivesse acabado de desembarcar de um avião que deu a volta ao mundo. Sinto todos os músculos das minhas pernas, que latejam em uma dor oca.

Quando Jenya desce saltando os degraus da escada para nos receber, fica muito claro que a transformação de garota rebelde do punk rock para mulher de negócios poderosa ainda não ocorreu. Ela tem dezenove anos, mas parece muito mais jovem, com um corpo pequeno e baixo e olhos escuros enormes. Usa o cabelo preto cortado rente à cabeça perfeitamente modelada, e tem tantos *piercings* no rosto que é quase como se ela estivesse tentando distrair o mundo do quão incrivelmente bonita é. O que não funciona, porque eu ainda vejo sua beleza de forma muito clara. Suas roupas são todas pretas: jeans preto justo, coturnos pretos e camiseta preta folgada com letras brancas ao longo do peito que dizem: há um vazio em minhas entranhas que só pode ser preenchido por canções.[34]

Porém, quando ela abre a porta e agarra primeiro Vera para abraçá-la e depois a mim, o sorriso em seu rosto é autêntico e, ainda que eu esteja conhecendo Jenya agora, também sinto uma onda de felicidade. E de esperança. Talvez Vera e Soleil estivessem erradas quando me disseram que uma garota de Red Oak relançada no mundo está basicamente condenada. Talvez se descobrirmos como traçar o nosso próprio caminho, longe de todas as pessoas de merda do nosso passado, longe até mesmo dos nossos pais, poderemos afinal ter uma chance de felicidade. E não é exatamente isso que estamos fazendo ao fugir?

Jenya nos leva escadas acima, nos enchendo de perguntas o tempo todo sobre Mary Pat, Dee, as terapeutas, a liga de queimada da treinadora Leslie e o estrogonofe de carne da chef Lainie, esperando um tempo mínimo depois da resposta antes de perguntar sobre outra coisa. Nós a seguimos por uma pequena sala de estar, iluminada com a luz invernal e abarrotada de móveis de terceira e quarta mãos, e chegamos a uma cozinha pintada de amarelo nos fundos do apartamento.

— Sentem-se! — ela ordena. — Vocês estão com fome? Querem tomar café da manhã? Vocês são minhas *heroínas*!

Jenya pega dois copos na pia, e depois de lavá-los e enchê-los de água, os coloca sobre a mesa de madeira bamba e se senta diante de nós antes de voltar a se levantar quase imediatamente. Seus movimentos são agitados e impacientes, como se ela fosse um pássaro que acidentalmente entrou voando por uma janela aberta e não sabe como sair de novo.

— Merda! — Jenya exclama, abrindo a porta da geladeira e voltando a fechá-la. — Os ovos estão vencidos.

Ela se dirige até um armário acima do fogão e pega um pacote fechado de morangos orgânicos desidratados e outro pacote, meio vazio,

---

34. *There is a void in my guts which can only be filled by songs*, no original. Trecho de "I Have a Strange Relationship With Music", de Jessica Hopper, da coletânea de ensaios *The First Collection of Criticism by a Living Female Rock Critic*.

de salgadinho. Abre os dois e os coloca no meio da mesa. Pego um punhado de salgadinhos e os devoro. Estão tão velhos que parecem bala.

— Mal posso acreditar que vocês fizeram isso — Jenya diz, negando com a cabeça e alternando o olhar entre nós. — Costumávamos brincar sobre fugir o tempo todo, mas ninguém nunca teve coragem de tentar de verdade! Sério, qual é a distância até a *rodovia*?

— Treze quilômetros — Vera responde com orgulho. — No meio de uma nevasca.

— Já disse que vocês duas são minhas heroínas?

— Sim — Vera responde, rindo. — Mas, falando sério, Jen, *você* é minha heroína. Todas as outras garotas em amadurecimento juram que nunca mais vão voltar para casa. Mas sempre voltam. Você, não. Você está *aqui*, com seu próprio *apartamento*, fazendo suas coisas. Começando sua banda!

Jenya dá de ombros.

— Meus pais não me deram muita escolha. Quando me assumi *queer* para eles, depois da minha cerimônia de amadurecimento, eles me renegaram.

— Eles *renegaram* você? — pergunto, olhando fixamente para ela. — Quer dizer, tipo, não falam mais com você?

— Ah, isso é uma renegação à moda antiga, Mia. Não só não falam comigo, mas nem sequer falam de mim.

— Porra! — Vera exclama. — Em comparação, acho que minha mãe não é tão terrível.

— Ou minha madrasta — acrescento.

— O irônico é que, durante toda a minha vida, meus pais se esforçaram muito para pertencer ao pequeno recanto da alta burguesia metidinha da Filadélfia. Para se tornarem americanos de verdade, sabe? Mas talvez eles devessem ter passado menos tempo aprendendo como minimizar seus sotaques russos e mais tempo percebendo que, na América da classe média alta do século XXI, a homofobia é algo muito grosseiro.

— Sinto muito, cara. Você deve odiá-los.

— Na verdade, não — Jenya afirma e sorri, embora haja certa amargura em sua expressão. — Quando as pessoas me perguntam como são meus pais, eu respondo que eles são imigrantes, refugiados, basicamente, e que votaram no Trump. O nível de ódio que eles devem sentir por si mesmos é muito pior do que qualquer coisa que eu pudesse dirigir a eles.

— Que horas são? — Vera pergunta subitamente.

Jenya pega o celular.

— Uma e meia.

— Legal — Vera diz e sorri. — Eu deveria estar limpando os chuveiros agora.

— May Pat deve estar pirando — Jenya afirma, esfregando as mãos com alegria.

— Madison deve estar muito puta com a gente — digo. — Trinity também. Já Freja deve estar completamente aliviada.

— Quem é Freja?

— É uma longa história.

— Duvido que elas saibam — Vera afirma e toma um gole de água. — Provavelmente, a equipe se reuniu e inventou alguma desculpa sobre onde estamos. Não podem deixar que as outras internas fiquem sabendo que uma fuga é possível. Poderia rolar um puta êxodo.

— Vocês acham que já mandaram um grupo de busca? — Jenya pergunta. — Pediram a ajuda de todos os três membros do departamento de polícia de Onamia? Soltaram os cães de caça atrás de vocês?

— O que quero saber é quando vão ligar para nossos pais para avisar que estamos desaparecidas — digo baixinho.

Há um breve silêncio. Não consigo pensar no meu pai por muito tempo, pensar nele recebendo esse telefonema. Pode ser o suficiente para me fazer repensar tudo isso. Vera tenta, mas não consegue reprimir um enorme bocejo, revelando um pedaço de morango desidratado enfiado entre os dentes da frente. Agora também estou bocejando.

— Merda! — Jenya exclama e olha para nós. — Sou uma idiota. Nem pensei em como vocês devem estar *exaustas*. O.k., há dois sofás-

-camas na Estufa, que é como chamamos a varanda dos fundos. Vocês vão ver. Por que vocês não vão se deitar e descansar? E não se preocupem com Mary Pat, seus pais ou qualquer outra coisa. Vamos ter uma noite incrível hoje. Nosso show começa às nove. Normalmente, começamos a nos preparar por volta das seis. Estamos fazendo o show de abertura para uma banda muito conhecida por aqui, os Lobotomizers. Já ouviram falar?

Sonolentas, fazemos um gesto negativo com a cabeça. Tenho que contar para Vivian a respeito do nome dessa banda. Acho que ela vai gostar. Então, percebo que nunca mais voltarei a vê-la.

Seguimos Jenya pela cozinha até uma varanda frágil construída nos fundos do apartamento. As janelas são altas e tortas e estão gotejando por causa da condensação. Ao longo de uma das paredes, há um velho aquecedor que libera enormes rajadas de ar quentes e vaporosas, e dois sofás de dois lugares sujos lado a lado. Lá fora, a cidade está coberta de neve, mas o vidro embaçou tanto que mal conseguimos vê-la. Uma longa prateleira de madeira está apinhada de vasinhos de ervas aromáticas: manjericão, sálvia, salsa e *cannabis*.

— Fiquem à vontade, garotas. Vou me arrumar para o trabalho. Starbucks. Maldito seja o homem ou algo assim, mas me dão seguro de saúde — Jenya diz.

Agradecemos a ela e caímos pesadamente nos sofás.

— Ah, e só para vocês saberem: divido o apartamento com duas garotas. Elas ainda estão dormindo. Vou mandar uma mensagem e avisar que vocês estão aqui, para que elas não achem que vocês são, tipo, invasoras de prédios.

— Muito obrigada — murmuro.

Aqui é tão pequeno, compacto e quente que nem precisamos de cobertores. Meus olhos estão muito pesados.

— O.k., o.k. Vão dormir. E eu vou vender cafeína para a América corporativa. E mais tarde voltamos a nos ver. E vamos curtir — Jenya diz, faz um sinal de chifres com as duas mãos e nos deixa para o nosso cochilo.

54

Ao acordarmos, muitas horas depois, o sol se deslocou e as garotas que dividem o apartamento com Jenya finalmente aparecem, saindo dos seus quartos para nos inspecionar antes de se acomodarem para um café da manhã de final da tarde com sopa de macarrão e frango enlatada e o que sobrou de salgadinho. Lucy, a baterista da banda, tem cabelo cor-de-rosa e rosto escandinavo. Esther, a guitarrista, nos cumprimentou usando apenas um conjunto de calcinha e sutiã descombinado e não muito limpo. Agora está vestindo uma túnica de renda vintage e passando batom rosa brilhante com a ajuda da função *selfie* do seu celular.

O esquenta do show começa assim que o sol poente do norte inunda todos os espaços do pequeno apartamento com sua luz amarela incandescente. Dois garotos punk, amigos da banda, abrem a porta da frente e surgem através dessa névoa, carregando duas enormes pizzas e uma caixa de cerveja. Atrás deles, está um irmão mais novo de aparência fantasmagórica, que vai passar o fim de semana com eles. Ele tem o cabelo repartido ao meio como se fosse o baterista de uma banda grunge dos anos 1990. Suas botas são frágeis e estão sujas, e sua jaqueta de flanela, com a gola de pele cinza emaranhada, está muito curta na cintura e nos punhos. Meio que sinto pena dele.

A baixista da banda se chama Faduma, uma minnesotana somali de terceira geração de Cedar-Riverside, que frequenta a Universidade de Minnesota e ainda mora na casa dos pais. Ela chega ao apartamento logo depois dos garotos, usando um casaco acolchoado longo amarelo brilhante e com seu instrumento pendurado nas costas. Jenya faz a rodada de apresentações e o irmão mais novo é mandado para a cozinha para pegar um rolo de papel-toalha, que nós usamos como prato e guardanapo enquanto atacamos as pizzas fumegantes. Ao terminarmos de comer, as quatro integrantes do Teen Fun Skipper se reúnem em uma fileira no desconjuntado sofá estampado para acertar os detalhes do *set list*, enquanto um dos garotos punk, cujo nome acho que é Bobby, começa a enrolar habilmente o baseado mais grosso que já vi.

— Ei — Vera me chama e me leva pelo braço até a cozinha. Ela está com um cheiro irreconhecivelmente floral depois de ter tomado seu primeiro banho privativo em dois anos. — Você está planejando compartilhar os aperitivos?

— Você quer dizer o fumo? — pergunto. — Ou a cerveja?

— Ambos. Um ou outro.

Olho para o corredor, onde nuvens de fumaça rodopiantes começam a se deslocar em nossa direção, cheirando à maioria das minhas lembranças do ensino médio.

— Estou pensando a respeito — digo. — Ainda não decidi. Por quê?

Vera morde o lábio inferior.

— Bem, eu estava pensando que talvez pudéssemos, tipo, não usar.

— Sério?

— Que foi? — Vera diz e me olha de maneira defensiva, com o cabelo recém-lavado penteado para trás.

— Nada! Só estou um pouco surpresa, só isso.

— Bem, já não uso há muito tempo. Você ficou trancada em Red Oak só dois meses. Eu fiquei trancada lá durante dois anos. São dois anos de abstinência. E não é que eu não queira todos esses tipos de merda, mas eu...

— Tudo bem — digo e fico espantada ao descobrir que estou falando sério. Afinal, quantas das minhas noites mais loucas começaram com o estalo de um isqueiro, o silvo de uma tampa desenroscando de uma garrafa? — Você não tem que explicar. Eu entendi. Estamos livres para sempre agora, não é? Podemos curtir quando quisermos. Não tem que ser hoje.

Vera encosta a cabeça molhada no meu ombro.

— Você tem certeza de que não se importa?

Eu a afasto de mim, brincando.

— Claro que não me importo. Não é como se eu fosse alguma viciada. E de qualquer maneira, praticar a abstinência não é, tipo, uma rebelião contra a rebelião?

— Sim. Como *não* ter tatuagens.

— Ou *não* transar com otários.

— Ou não ser enviada para um internato terapêutico para adolescentes problemáticas.

—Está decidido, então. Vamos praticar a abstinência esta noite. E amanhã. E por quanto tempo você quiser. Aconteça o que acontecer, faremos juntas.

— Legal — Vera diz em voz baixa. Ela me dá a mão e juntas voltamos pelo corredor de volta ao ar abafado com cheiro de pizza e maconha.

55

Posso ser sincera por um segundo? A Teen Fun Skipper não é uma banda incrível. Nem sequer é uma boa banda. Já ouvi melhores nos porões das festas da escola.

Mas, na verdade, isso não importa.

É barulhenta e séria e tem muita energia. E estou dançando em uma casa noturna com janelas engorduradas e embaçadas, pisos de madeira antigos e rangentes, e paredes cobertas com mensagens rabiscadas por pessoas que curtiram aqui décadas antes de mim. São nove e quarenta e cinco da noite e, se eu ainda estivesse em Red Oak, já estaria na cama. O braço de Vera me envolve pelo pescoço e, embora não saibamos as letras das músicas sem refinamento da Teen Fun Skipper, ninguém do público, que veio aqui principalmente para ver o show dos Lobotomizers, sabe também. Basta pegarmos os refrãos e gritá-los de volta o mais alto possível, para sentir o solo da guitarra nos devolvendo o som nos nervos dos nossos dentes.

Me divirto tanto que quase me esqueço de que estou completamente sóbria.

Me divirto tanto que quase me esqueço de pensar no meu pai, que a essa altura deve saber que estou desaparecida e provavelmente está surtando.

Me divirto tanto que quase me esqueço de pensar nas minhas irmãs, que com certeza estão sendo protegidas dessa informação, mas devem deduzir, com a intuição precisa de sua mente de cinco anos, que algo está muito errado.

Me divirto tanto que quase me esqueço de pensar em Vivian, que deve estar desvairada, e me divirto tanto que quase me esqueço de pensar em Freja encolhida, soluçando, nos ladrilhos no meio dos chuveiros do vestiário; como foi bom intimidá-la e como foi ruim logo que acabou.

Me divirto tanto que quase me esqueço de pensar no dinheiro do seguro da minha mãe, de como meu pai o usou para falar por ela, como se ela tivesse sido ressuscitada apenas para me punir mais uma vez.

Quase.

No final do show, as garotas tocam "Sweet Caroline" em uma versão punk acelerada fantástica. Lembro-me dessa música tocando no casamento do meu pai e da Alanna.[35] Como todos os convidados se abraçaram e formaram um enorme círculo na pista de dança e todos os adultos sabiam a letra, exceto eu porque era a única criança ali, e Alanna rindo sob o peso protetor do braço do meu pai, uma proteção que eu estava determinada a fingir que não me importava em compartilhar, e eu no outro lado do círculo, imprensada entre dois amigos do trabalho de Alanna, observando-os de longe.

— *Sweet Caroline!* — todos os adultos gritaram. — *Bah bah bah. Good times never seemed so good! SO GOOD! SO GOOD! SO GOOD!*

Na época, eu me encolhi de vergonha ante a idade adulta irremediavelmente brega. Mas agora estou gritando junto com Vera como se fosse a melhor música que alguém já compôs.

So good! So good! So good!

É quando o vejo.

Ele está abrindo caminho em meio ao público e, em seguida, é novamente engolfado. Assim, eu só o vislumbro por um instante. Mais magro do que eu me lembrava, vestindo um moletom, jeans com barras dobradas e um corte de cabelo em tigela. A faculdade o ensinou, acho, a pender para sua nerdice inata e a borrifar um pouco de autoconsciência e ironia, saindo do outro lado um *hipster* plenamente desabrochado. O tipo de cara antenado que vai a shows de bandas punk

---

35. E provavelmente tocada em todos os outros casamentos na história dos casamentos.

só de garotas. Por outro lado, talvez ele esteja aqui apenas por causa da garota de óculos de plástico cor-de-rosa desbotado, cujo cabelo está puxado para cima para mostrar o corte inferior tingido de azul que segura sua mão e cujo pescoço ele agora está acariciando com o nariz. Eu me pergunto se ela é a mesma namorada que ele tinha quando tivemos nossa única noite de qualquer coisa ou se é uma nova.

Uma noite de qualquer coisa? Imagino Vivian ao meu lado agora, com seu caderno de anotações na mão, seus olhos examinando nós dois entre o público. *Não chame isso de qualquer coisa, Mia. Chame do que foi. A noite de inverno em que aquele garoto estuprou você, quando você tinha catorze anos e quatro meses.*

Scottie Curry. Aluno de faculdade. Levando sua vida. Traçando objetivos. Tendo encontros. Enquanto eu sou o quê? Uma sem-teto em fuga, considerada incapaz para o mundo real. O que o fez me escolher? Foi apenas má sorte ser colocada junto a ele como parceiros de laboratório? Ou ele preferiu a mim? É mesmo como Vera diz, que o trauma escorre de mãe para filha, manchando-a como tinta invisível, marcando-a como presa fácil para certos garotos e homens cruéis e espertos?

Toco a mão de Vera.

— Eu já volto — digo a ela.

Me espremo no meio do público e circulo o mais perto permitido pela minha ousadia. Não quero falar com ele. Não sei o que quero fazer. Talvez apenas ter certeza de que é ele mesmo, aqui, no mesmo espaço que eu. Estou a cerca de cinco pessoas de distância dele quando Esther toca os três últimos acordes da música — *bah, bah, bah*. O público enlouquece e alguém me empurra para a frente, então tropeço e me choco contra ele e sua namorada.

Ele se vira, irritado, e eu me preparo para o que está por vir, mas nada vem, porque não é ele.

É apenas um cara branco alto e magro com orelhas grandes. Ele não se parece em nada com Scottie. Estava tudo na minha cabeça, tudo na minha mente, tudo em uma das portas quebradas do meu passado que se recusa a fechar, independentemente de quantas vezes eu tente fechá-la.

— Olha por onde você anda, porra — a garota me repreende.

Me transformo em raiva líquida, cerro meus punhos, e estou prestes a destruí-la porque eu me odeio por ainda ter medo dele, por ainda ver seu fantasma, odeio Vivian por me provocar e me fazer enfrentar isso: *ESTUPRO*. Quero gritar na cara dessa garota: *Não se meta comigo, você não sabe o que eu passei e as coisas que eu fiz.*

— Ei.

Há uma mão no meu ombro e dou um pulo. Meu coração está disparado. O não Scottie e sua namorada voltaram sua atenção para o palco e já se esqueceram de mim. Eu me viro e é o cara do rolo de papel-toalha, o irmão mais novo de Bobby do esquenta de Jenya.

— Ei.

— Você está bem?

— Sim. Tudo bem. Por quê?

— Você quer ver algo insano?

— Bem...

Mas ele já está mexendo no celular e, em seguida, segura a tela junto ao meu rosto. Estou olhando para o feed do Facebook dele, em uma postagem da ABC 5, a estação do noticiário local. Vejo a palavra "desaparecidas". Vejo duas fotos, lado a lado: Vera, parecendo mais jovem e mais bem-arrumada, usando uma camisa polo branca do uniforme escolar, e eu, minha foto mais recente do anuário, uma foto que, aliás, eu detesto, porque pareço a personificação viva do emoji do sorriso safado e meu cabelo está cheio de frizz porque choveu naquele dia quando eu estava indo para a escola.

— Merda — sussurro.

— Pena que não há um valor de recompensa incluído — o irmão de Bobby brinca. — Caso contrário, eu teria que denunciá-la.

— Engraçadinho — digo sem emoção.

Penso em pedir seu celular emprestado para enviar uma mensagem para meu pai dizendo que estou bem. Que não estou desaparecida. Mas se eu fizer isso, a polícia será capaz de rastrear minha localização. Eles vão irromper aqui e nos arrastar de volta para Red Oak. Não posso fazer isso, não depois de termos chegado tão longe. Não posso fazer isso com Vera. Detesto isso, mas meu pai vai ter que sofrer um pouco mais até eu conseguir pensar em um plano.

Devolvo o celular para o irmão de Bobby.

— Você tem certeza de que está bem? — ele pergunta. — Você parece um pouco surtada.

— Bem, sim... Enfim, eu sou, tipo, uma pessoa desaparecida. Os recursos da polícia estão sendo mobilizados, nesse exato momento, para me rastrear.

— Bem, acho que você também pode curtir um pouco antes que peguem você.

Ele levanta a barra de sua camiseta da banda PUP e vejo uma forma de metal aninhada no espaço entre o jeans e a cueca dele.

— Você escondeu um cantil aí? O que tem nele?

— Gim — ele responde e dá um sorriso que não é tão desinteressante. Dentes bons, sem aparelho. — Foi tudo o que consegui roubar do meu avô.

Eu quero... A fuga fácil que vem com isso. A maneira como tudo parece ter menos importância. O quão rápido funciona e quão confiáveis são os efeitos. E se eu tivesse feito a promessa a qualquer outra pessoa no mundo, eu a quebraria nesse instante, sem pensar duas vezes. Mas as coisas são diferentes quando se trata de Vera.

— Obrigada, mas estou bem — digo e faço um gesto negativo com a cabeça.

Ele dá de ombros, tira a garrafinha da cintura e toma um longo gole.

— Olha, preciso encontrar minha amiga.

— Claro — ele responde e toma outro gole. — Mas não vai ser fácil encontrá-la nessa multidão. Boa sorte!

O show da Teen Fun Skipper acabou e as garotas desapareceram nos bastidores enquanto a nova banda prepara sua apresentação. Percorro com os olhos o espaço lotado e abafado à procura de Vera, mas na minha visão periférica, sempre na minha visão periférica, também estou à procura de Scottie. E Xander. E Dillon Keating. Estou à procura de todos eles, para que me deem apenas um minuto para dizer na cara deles: *Sou muito mais do que vocês acharam que eu era.* Circulo junto às paredes da casa noturna, com os pés sufocando em minhas botas de neve, já que, por mais superdotada que todos achassem que eu fosse, nem pensei em empacotar um par de sapatos normais em nosso plano de fuga. Pensei tanto em como *chegar* aqui que me esqueci de planejar em como *viver* aqui. Porém, agora que sei que meu retrato e meu nome estão em destaque no noticiário noturno, é tarde demais para tentar voltar atrás.

Vera não está no banheiro. Chamo seu nome e olho por baixo de cada cabine, sendo insultada várias vezes durante o processo. Por fim, desisto e volto a me espremer no meio do público para alcançar a frente do palco, onde Jenya e as outras garotas, coradas e suadas por causa do show, se reuniram para assistir ao aquecimento dos Lobotomizers.

— Ei, você viu onde a Vera se meteu? — grito no ouvido de Jenya.

— Ah, ela foi embora — ela responde e passa a mão delicada na cabeça perfeitamente raspada, não tirando os olhos do palco.

— Como?

— Ela foi embora. Depois do nosso show.

— Desculpe. Ela *foi embora?*

— Sim, ela disse que estava cansada — Jenya responde. Em seguida, se vira e olha para mim. — Ela não parecia chateada nem nada. Estava sorrindo. Não se preocupe com isso.

Já era estarmos nisso juntas. Quer dizer, eu entendo: ela estava indo para a cama forçada, como uma criança do jardim de infância, às nove horas todas as noites, e agora são quase onze. Mas, porra, ela podia ter pelo menos me dito que estava *indo embora.* Pelo fato de Vera estar fora do mundo real há tanto tempo, será que ela se esqueceu da regra básica da amizade feminina: você nunca abandona uma amiga para enfrentar a noite sozinha? Será que ela não levou em consideração o que poderia acontecer comigo? O que eu poderia fazer?

Volto para a parede dos fundos e o irmão caçula de Bobby ainda está onde eu o deixei.

— Ei. Você já bebeu todo o gim?

Ele sorri e levanta a barra da camiseta novamente.

Aceito o cantil, aquecido pelo calor de seu púbis. O primeiro gole de uma bebida forte é sempre como beijar alguém que você não ama com os olhos bem abertos. É puro, adstringente e põe fim às suas ilusões. É só no gole seguinte, e no próximo, e no depois desse, que as ilusões começam a ser restituídas. Mas o primeiro gole é o único honesto que você vai ter.

— Como você disse que se chamava? — consigo dizer enquanto a queimação do gim inflama minha garganta.

— Eu não disse, mas me chamo Isaías.

— Ah, como o profeta.

Espantado, ele ergue uma sobrancelha.

— Você é religiosa?

— Não — respondo e rio. Dou outro gole. — Só reconheço esse nome por causa da oração fúnebre do enterro da minha mãe.

— Ah, sinto muito pela sua mãe — ele diz, pisca e aceita o cantil de volta.

— Não, tudo bem — afirmo e me apoio contra a parede úmida e pegajosa. — Ela nunca fez parte da minha vida. Eu nem me lembro dela.

Isaías parece aliviado. Sou muito boa em fazer os garotos se sentirem à vontade. Ele volta a sorrir para mim, por um pouco mais de tempo do que antes, e eu sei, clara e facilmente, para onde esta noite está indo. Ele dá um tapinha no cantil.

— Quer me ajudar a matar essa coisa?

56

O início do show dos Lobotomizers é animado, com um repertório de bateria implacável e guitarras confiantes. Entusiasmado pelo show da Teen Fun Skipper, o público está pronto para passar para o próximo nível, e aflui em massa para a área do empurra-empurra. Agarrando Isaías pela mão, me jogo de cabeça na bagunça, e assim que estou lá, adiciono Vera à lista das pessoas que estou quase esquecendo. Arremesso meu corpo contra o das outras pessoas e balanço minha cabeça até meus ouvidos zumbirem. Meu cabelo, molhado de suor e cerveja derramada, golpeia meus ombros e lança gotículas. Eu me descompacto, saio do meu próprio corpo e o jogo como se ele não me pertencesse. Depois que caio no chão, batendo meu joelho com tanta força que vejo estrelas, e depois de um cotovelo me acertar na coluna, me lembro de que a mecânica da dor física é a mesma da emoção: a dor não é real. Ela representa apenas a descarga de sinais cerebrais, e se você for bastante forte ou estiver bastante bêbada, pode simplesmente optar por ignorá-la.

Alguém me entrega uma cerveja espumosa pela metade. Bebo o máximo possível e jogo o resto em direção ao palco. Sou empurrada e caio para a frente, derrubando outro estranho. Diversas mãos me ajudam a levantar.

— Caramba! — Isaías exclama e sorri, com sua expressão mórbida e esculpida. — Você não está nem aí, não é?

Balanço minha cabeça para a frente e para trás enquanto Isaías me puxa para ele pelos passadores de cinto da minha calça. Sua boca na minha boca, quente, azeda e estranha. Não é como o que Vivian me disse para ver o meu futuro. Mas tudo bem. Não tem que ser. Pode ser o que é: divertido, disponível, agora. Se Isaías pudesse ser apenas um pouco melhor do que os outros. Se ele pudesse ser apenas um pouco melhor, eu me sentiria bem com isso. Talvez seja assim que funciona com os garotos; talvez cada um seja apenas um pouco melhor do que o anterior, até você encontrar aquele que faça você se esquecer de todas as outras camas e os outros corpos que agora parecem tão esquálidos e ridículos.

Os beijos de Isaías vão mais fundo agora e o feedback dos amplificadores ressoa com força. *Leitura do livro do profeta Isaías.* São os únicos versículos da Bíblia que conheço, mas eu os *conheço* bem. Palavra por palavra, para a frente e para trás, porque mantive a oração fúnebre escondida em uma caixa de sapatos debaixo da minha cama com outras poucas coisas que costumavam significar algo para mim. Voltei a ela várias vezes ao longo dos anos, sempre que quero fingir que me lembro de algo do que aconteceu, de qualquer coisa dela.

Já perdoei as suas maldades e os seus pecados; eles desapareceram como desaparece a cerração. Volte para mim, pois eu sou o seu Salvador.

As mãos de Isaías rastejando sob a bainha da minha camiseta emprestada enquanto ele pressiona sua boca contra minha orelha e sussurra as frases comuns. *Você é tão gostosa. Tão gostosa. Eu quero você. Eu quero você. Vem comigo. Vem comigo.*

Será que uma mãe pode se esquecer do seu filho? Será que ela não tem compaixão pelo filho que gerou? Embora ela possa se esquecer, eu não me esquecerei de você.

Percorro o recinto com os olhos, observo todos aqueles rostos desconhecidos, e não culpo Vera por me abandonar, não mesmo. Às vezes, a bebida me deixa cruel, às vezes, louca, mas ainda outras vezes me deixa generosa e expansiva de amor. Esse show, acho, orgulhosa de mim mesma por minha natureza empática diante de tanta babaquice, provavelmente foi muito para ela. Ser privada da vida real por tanto tempo e, então, ser jogada nela assim de cabeça. Afastei suas ofensas como uma nuvem e seus pecados como uma névoa. E quando eu voltar para ela, fedendo a gim e ao perfume barato de Isaías, ela tampouco terá escolha a não ser me perdoar.

Isaías me abraça por trás, passando os braços em torno da minha cintura, e apoia o queixo em meu ombro.

— Vamos cair fora daqui — ele murmura.

Não pergunto por que, porque eu sei o porquê. Não pergunto onde, porque a estupidez autoinfligida faz parte da aventura. Se você não está propensa a apostar toda a sua vida pela chance de se divertir, não tem o direito de se chamar de *Adolescente Problemática*. E assim eu salto feliz do penhasco, segurando a mão não familiar dele, para fora da casa noturna fumacenta e, em meio à neve, sigo para onde quer que estejamos indo.

57

O apartamento do irmão de Isaías é logo virando a esquina e está situado ao nível da rua. As janelas estão cobertas de neve até o topo, não dá para enxergar o lado de fora. Há um tapete cinza desbotado e o mobiliário normal encontrado em apartamentos de caras jovens e itinerantes: um sofá de couro falso preto, uma mesa de centro com manchas de copos de bebida, um notebook, uma guitarra e nenhum pôster ou foto na parede. A bancada da cozinha está entulhada de pratos sujos, uma caixa de cereais e a tentativa bem-intencionada de uma alimentação saudável na forma de um cacho de bananas passadas em uma tigela. Há uma bolsa de viagem e um cobertor enrolado em uma extremidade do sofá e um travesseiro branco fino desbotado por manchas de suor na outra. É a cama de Isaías.

Não que eu não ache Isaías atraente. Eu acho. Acho que acho? Tipo, ele com certeza não é horrível. Mas Vivian, com todas as suas bisbilhotices, suas investigações e seus questionamentos, bagunçou minha cabeça. Não consigo confiar nos meus próprios olhos. Talvez, objetivamente falando, Isaías seja bonito, mas eu, por mim mesma, o acho atraente? Não sei. Não consigo dizer. E se não consigo dizer, então por que ainda estou sentada aqui neste sofá de couro falso com minhas meias úmidas, observando-o avançar devagar em minha direção? O travesseiro desliza para o chão com um baque suave. Ele tira a camiseta. Uma tatuagem triste, pequena e amadora de um peixe se destaca em sua barriguinha. A pele é branca como leite rico em hormônios. Os músculos são fibrosos e os braços têm poucos pelos. Depois de tantos dias cercada exclusiva e constantemente por mulheres, seu corpo alto e ereto de garoto me parece afiado como uma faca.

Ponho minhas mãos no espaço entre seu peito e sua garganta e o afasto delicadamente.

— Podemos conversar um pouco? — pergunto.

Isaías engole em seco.

— Bem, sim. Claro.

— Você está... — começo a falar e paro. Não me ocorre nada. — Você está morando com seu irmão faz tempo?

— Sim.

— Por quê?

— Bem, as coisas na casa dos meus pais não estavam legais — ele responde, com o pomo de Adão saltando.

Posso me prender a isso, acho. Conversar um pouco e depois cair fora.

— Eu entendo — digo. — As coisas em casa eram iguais. Meu pai e minha madrasta, eles são...

Tento pensar no adjetivo certo, mas, antes de encontrá-lo, Isaías volta a me beijar. O que é justo, acho. Você não vai para a casa de um cara que acabou de conhecer para conversar. Nós dois sabemos disso. E agora sua cabeça está se curvando, e revela a parte central oleosa do seu cabelo, e a pele do meu pescoço está presa entre os seus lábios.

Você está dizendo que o sexo com esses garotos era satisfatório?

O que você quer dizer com satisfatório?

Fisicamente. Emocionalmente. O sexo fazia você se sentir bem?

Sim. Com certeza. Caso contrário, por que eu me daria ao trabalho?

Sua boca desceu até minha clavícula. Isaías está tentando fingir que é delicado e gentil beijando o meu pescoço. Ele vai tentar puxar minha calça para baixo em três... dois...

Aí está.

Afasto sua mão, só para prolongar a mentira, que talvez não seja a mesma de sempre. Talvez, por algum milagre, eu tenha conhecido alguém *especial* em um show de punk rock que compartilha o nome do antigo escriba que supostamente escreveu algo que alguém leu no funeral da minha mãe.

A mão desliza de volta dessa vez. Com mais determinação. Eu a afasto e me levanto.

— Preciso usar seu banheiro — digo.

Ele se senta reto e pisca.

— Ah, sim. Certo. É no final do corredor.

Há um exaustor zumbindo no teto de azulejos brancos com as extremidades marcadas com mofo. Ou talvez o zumbido esteja vindo de dentro de mim. Paro diante da pia e me olho no espelho. Às vezes, quando estou bêbada e apaixonada pelo mundo, acho que pareço mais bonita do que realmente sou. Mas, outras vezes, me sinto envergonhada até de fazer contato visual com os destroços assombrados da garota que olha de volta para mim. De acordo com o noticiário da ABC5, eu tinha feito a transição infeliz e inevitável de *Adolescente Problemática* para *Garota Desaparecida*. Eu deveria estar preocupada, deveria estar fugindo assustada, mas a verdade é que acho que nunca me encontrarão. Não porque não estejam à procura, mas porque não estou aqui. Não estou em lugar nenhum. Como podem me encontrar se, mesmo quando eu estava diante deles, nunca me viram de verdade? Fecho a tampa do vaso sanitário, que fede a xixi, e me sento. O gim está começando a azedar dentro de mim e enterro minha cabeça entre as mãos.

— Ei! — Ouço Isaías chamar da sala. — Está tudo bem aí?

Pigarreio.

— Sim — respondo. — Me dê só um minutinho.

Xander costumava me perguntar: *O que as garotas fazem nos banheiros?*

Rindo, eu respondia para ele: *Ah, você sabe. Cheiram cocaína e tiram selfies principalmente.*

O que eu não disse a ele: muitas vezes, ficamos apenas paradas diante da pia, olhando para o nosso reflexo no espelho e tentando nos ver através dos olhos de vocês.

Permita-se imaginar algo melhor, Vivian me disse certa vez. *Algo que mereça quem você é. Algo melhor do que você já teve.*

E agora, porque estou livre dela e não tenho que lhe dar a satisfação de saber que eu estava ouvindo, faço o que Vivian me disse para fazer. Eu me permito imaginar algo melhor. Não todo o meu futuro. Isso seria muito difícil. Apenas um único momento dele.

Fecho meus olhos e me imagino longe desse lugar e desse momento.

Fico bem quieta.

E vejo isto: um momento da minha vida à frente deste tempo. Sou adulta. Uma adulta de verdade. Não o tipo falso que tentei ser na cama de Scottie Curry.

E eu amo alguém.

E alguém me ama.

E estamos sozinhos em um quarto frio e silencioso. Escuro.

Nossas mãos, nossas bocas...

E esse alguém me segura tão forte, tão perto e tão bem que tudo o que consigo pensar, várias vezes, é em uma única palavra: "amor". Penso e repenso nela: *amor amor amor amor amoramoramor*. Então, a palavra perde sua elasticidade, perde seu sentido, se desmantela dentro de mim e o meu corpo arqueia, doendo, com as últimas batidas esporádicas do seu eco.

— Ei — digo, tocando em Isaías. Fiquei trancada no banheiro por tanto tempo que ele adormeceu no sofá. — Eu tenho que ir.

— Han? — Isaías exclama e se senta. — Por quê?

Já perdoei as suas maldades e os seus pecados; eles desapareceram como desaparece a cerração.

— Eu só... Não sei.

— Mas... — ele começa a dizer e meio que se levanta.

Quase deixo escapar a palavra "desculpe", mas me contenho.

— Você não fez nada — digo. — É um lance meu.

— Tudo bem — Isaías diz e esfrega os olhos.

Ele parece um pouco irritado, mas pelo menos não insiste. Isaías não é o pior cara do mundo, acho. Ele pega a camiseta e a veste. Na fração de segundo em que fica com os olhos tampados pelo tecido de algodão, estendo a mão até a mesa de centro e enfio seu celular, luminoso e desbloqueado, no bolso. Se ele pedir meu número, provavelmente vai perceber a ausência do aparelho enquanto eu ainda estiver aqui. Mas sei que ele não vai. O que significa que não vai notar seu sumiço até eu ir embora. Ele vai passar algum tempo procurando entre as almofadas do sofá e nos bolsos dos casacos até perceber que fui eu quem o roubou. Imagino que eu tenha cerca de cinco minutos.

Calço minhas botas de neve, pingando neve lamacenta ao redor da sua porta da frente, fecho o zíper do meu casaco e puxo meu gorro para baixo. Aceno para me despedir, em um pedido de desculpas secreto e preventivo, e assim que estou de volta ao frio de rachar da rua, começo a correr.

58

Algo que eu jamais soube, provavelmente porque nunca tinha pensado nisso, é que a cidade de Mineápolis é cortada ao meio pelas águas revoltas e lamacentas do rio Mississippi. Descubro isso enquanto corro pela escuridão gélida de Northeast, ziguezagueando por ruas aleatórias para me distanciar de Isaías, tocando com o dedo a tela do celular para mantê-lo desbloqueado. Quando acho que já me distanciei o suficiente para me sentir segura, dou uma desacelerada e começo a caminhar por um beco entupido de folhas congeladas. Quando alcanço o outro lado, descubro que estou na beira da água diante de um enorme arco-íris azulado. É um arco elétrico na escuridão. O rio borbulha, da forma que os rios fazem, mas enormes blocos de gelo, empilhados ao longo das margens, chocam-se uns contra os outros, e esse som é como um coro de pigarros. Acho que é o som mais solitário que já ouvi.

Alguns carros passam pela ponte, mas também há uma passagem para pedestres estreita, completamente abandonada. Uma placa no início da passagem diz: Lowry Avenue Bridge, inaugurada em 2012. O que significa que a ponte é mais jovem do que eu.

Caminho pela passagem que tem cheiro de algas e concreto, peixes e gases de escapamentos de carros. Os arcos elétricos colorem meu corpo inteiro de azul. Circulando acima de águas abertas, sem prédios ou árvores para fustigar, o vento é um grito. Agarro o corrimão de aço com as mãos enluvadas, respiro fundo e olho para baixo. Me deixo imaginar como seria a sensação dessa água. Acho que não existiria uma sensação. Ela está muito gelada para se sentir qualquer coisa. Se eu caísse entre as barras da grade, eu me espatifaria na água com o impacto, cumprindo o destino do qual escapei naquela noite na caçamba da picape em alta velocidade na Lake Shore Drive ou naquela outra noite na claraboia estilhaçada em Goose Island. Ofegante, entraria na história que minha mãe me deixou.

Outra rajada de vento desloca para o alto uma grande quantidade de folhas das margens arborizadas, e uma folha seca, perfeitamente vermelha, pousa e gruda no meu rosto. Parece o roçar de um tecido, um tecido de lã, e volto a me lembrar do casamento do meu pai e da Alanna. Não da última música da noite, "Sweet Caroline", mas da primeira: "Blue Skies", de Willie Nelson. Nossa canção. Porque foi comigo, e não com Alanna, que meu pai dançou primeiro. Lembro-me de encostar minha cabeça em seu terno. Sua lapela contra o meu rosto. Na época, ele era meu mundo inteiro. Sei agora que provavelmente poderia ter me esforçado mais para ser uma boa filha. Mas ele sempre fez o melhor que pôde. E é por isso que ainda estou aqui: sou muito mais um produto da presença dele do que da ausência da minha mãe.

Tiro o celular de Isaías do bolso e abro o aplicativo de mensagens. Meus dedos estão tremendo tanto que tenho que tentar algumas vezes até conseguir digitar o número que conheço desde sempre.

Pai, sou eu. Estou segura. Estou bem. Sinto muito. Eu te amo. Até breve. Bjs

Em seguida, com um grito que eu não sabia que tinha dentro de mim, arremesso o celular do alto da ponte.

59

Preciso pedir informações a um caixa de um posto de gasolina para voltar ao apartamento de Jenya. Fico aliviada ao saber que estou apenas a alguns quarteirões de distância. Meus dedos parecem gelo e meu maxilar está travado. As ruas e as calçadas dessa parte de Mineápolis são muito mais largas do que as de Chicago. Parece que estou caminhando em uma pradaria cercada de neons. Não há ninguém por perto. Qualquer pessoa que importa para a sociedade está segura dentro de casa. A rua é pontilhada muito esporadicamente por um viciado, por um homem ganindo e delirando usando botas coladas com fita adesiva. E por mim.

Quando chegamos ao apartamento de Jenya, ela nos disse que encontraríamos uma chave extra embaixo da estátua de sapo escondida em um dos degraus na entrada do prédio, que agora estão enterrados sob um cone de neve fofa e branca. Mas quando levanto a estátua, a chave não está lá. Empurro a porta da frente e ela se abre. Vera não a trancou, não me deixando completamente no frio, acho.

Subo a escada, entro no apartamento, escuto minha própria respiração, absorvo o cheiro de maconha, tonalizante de cabelo e pizza fria. Ninguém voltou ainda. Descalço minhas botas, tiro meu casaco molhado de neve, caminho pelo piso de madeira rangente até a pequena varanda superaquecida onde Vera e eu fizemos o nosso ninho.

Achei que ela já estaria dormindo, mas, ao entrar na Estufa, vejo sua figura frágil na escuridão, dobrada no chão entre os nossos sofás-camas, balançando e balançando.

Corro até ela, com minhas meias escorregando no chão empoeirado.

— O que aconteceu? — pergunto, ajoelhando-me na frente dela e segurando seus braços esqueléticos entre os meus dedos. — O que foi?

Vera balança a cabeça e aspira uma grande quantidade de ar.

— Não posso fazer isso — ela consegue dizer.

— Fazer *o quê*? — pergunto e a sacudo delicadamente. O rosto dela está manchado de lágrimas. — Há quanto tempo você está sentada aqui desse jeito? — pergunto.

— Não sei. Saí do show. Desculpe por ter caído fora, mas... Mia, eu não posso fazer isso.

— Fazer o quê?

— Ficar aqui.

— Onde? Na Jenya? Porque sempre podemos tentar...

— Não, *aqui*, nessa porra de mundo. Não posso — Vera esclarece e afasta o cabelo comprido e emaranhado do rosto. — Se quisesse, eu poderia ter voltado para casa no ano passado. E de novo seis meses atrás. E de novo três meses atrás. Mas tenho muito medo. Quero viver em Red Oak o máximo que puder, onde ninguém pode me machucar. Sou uma covarde. Sou tão fodida... Não sou quem você pensa que sou.

Lembro-me de como Vera perseguiu Freja, fingindo não acreditar que alguém se entregaria voluntariamente a uma vida em Red Oak. Então, acho que ela é uma hipócrita, que é a característica que mais odeio nas pessoas. Porém, o mais estranho é que não me importo. Apenas sinto uma onda de amor por ela. Por simular uma cara de durona esse tempo todo para mim, quando tudo dentro dela estava desmoronando.

— Você é exatamente quem eu acho que você é — sussurro. — Está tudo bem.

— Juro que achei que conseguiria fazer isso. Achei que poderia ver, apenas ver, se talvez eu estivesse pronta. E, no começo, achei que estava. Mas então, a música e os desconhecidos, e comecei a procurar por você, mas não consegui te encontrar... — Vera diz e volta a chorar.

— Desculpe. Nunca deveria ter saído do seu lado. Sinto muito.

— Mia, preciso voltar.

— Você quer voltar para Red Oak?

A cabeça de Vera cai entre seus joelhos franzinos.

— Mas... Você tem certeza? Tipo, eu entendo que isso requer uma adaptação no início — digo e aponto vagamente para o apartamento e para a cidade que cintila com gelo e luz do lado de fora das janelas. — Mas se você aguentar um pouco mais, podemos fazer qualquer coisa, Vera. Podemos mesmo.

— Como o quê? Não temos planos nem dinheiro. Sei que você não acreditou que chegaríamos aqui, e eu também não. Se acreditasse, teríamos pensado em algo além de nos hospedarmos aqui na Jenya por alguns dias.

— Eu sei, mas nós chegamos aqui, não é? Nenhuma garota na história de Red Oak conseguiu fugir com sucesso. Mas nós conseguimos. Somos alfas. Lembra? Podemos fazer qualquer coisa.

— Não, não podemos.

— Sim, podemos. Podemos conseguir um emprego. Há supermercados aqui. Lojas de roupas. Podemos ser garçonetes. Ou trabalhar na Starbucks! Posso protegê-la, Vera. Juro que posso.

— Você sabe que não pode — ela diz e se inclina em minha direção enquanto acaricio seu cabelo. — Não mais do que eu posso protegê-la. Quem entende isso melhor do que nós?

Não respondo nada porque sei que Vera tem razão.

— O.k. — digo, finalmente, e me afasto dela com cuidado para ficar de pé.

— Aonde você vai?

— Espere aqui por mim. Eu já volto.

De volta ao posto de gasolina, peço para a mulher que trabalha atrás do balcão para pesquisar algo no Google para mim. Ela anota o resultado da busca em um bilhete de loteria perdedor. Em seguida, peço o celular dela emprestado. Ela diz que só me empresta se eu entregar minha carteira de motorista como garantia. Mas eu não tenho carteira de motorista. Então, uma senhora simpática na fila atrás de mim, comprando recargas de cigarro eletrônico e doces, me empresta o dela.

Dois toques.

— Vivian? — Ouço a minha voz, infantil e estranha. Apoio minha cabeça contra um refrigerador, olhando para as fileiras de garrafas de leite atrás da porta de vidro. — É a Mia.

60

De volta ao apartamento de Jenya, tiro o casaco, coloco as botas junto à porta e começo a arrumar as minhas coisas em silêncio.

— O que você fez? — Vera pergunta, abraçando os joelhos e me observando.

— Liguei para Vivian — respondo, dobrando um moletom. — Ela está a caminho.

Vera deixa escapar um suspiro, enfia a mão no bolso, tira a nota de vinte dólares e a estende para mim.

— Vera, não quero seu dinheiro — digo, rindo.

— Pegue. É o mínimo que posso fazer. Posso ser covarde, mas não sou dedo-duro.

— Parece que você está fazendo um teste para um filme da máfia.

— Cale a boca. Estou falando sério, Mia. Se você cair fora agora, pode pegar um trem, um ônibus ou o que for e ir para qualquer lugar. Não vou contar para elas onde você está. Podem me torturar se quiserem, jamais vou dizer uma palavra.

— Vera, por favor — digo, pego a nota da mão dela, e dou um peteleco nela. Nós duas vemos a nota voar em direção ao piso de madeira. — Estamos nisso juntas, lembra? Se você vai voltar, eu também vou.

— Não. Você não quer isso, Mia. Você odeia Red Oak.

— Não é tão ruim.

— Mas seu lugar não é ali.

— Não? Você sabia que, enquanto você estava sentada aqui esta noite, cuidando da própria vida em perfeita sobriedade, bebi um monte de gim, fiquei com o irmão de Bobby, depois roubei o celular dele e o joguei no rio Mississippi?

— Bem, tenho certeza que você teve seus motivos — Vera diz, levantando uma sobrancelha, em um pequeno lampejo do seu antigo eu.

— Tive. Mas ainda assim...

Vera estica suas longas pernas à sua frente e encosta a cabeça em meu ombro.

— Então, o irmão do Bobby, hein?

— Sim.

— Como foi?

— Foi como na maioria das vezes. Poderia ter sido muito melhor, poderia ter sido muito pior — respondo e entrelaçamos as mãos, enquanto o aquecedor assobia como se estivesse vivo.

Uma hora depois, Dee, Vivian e Mary Pat estão no meio da sala de estar de Jenya, percorrendo com os olhos os pôsteres das bandas Pussy Riot e War on Women pendurados nas paredes e os cinzeiros transbordantes e as caixas de pizza gordurosas lotando a mesa de centro. Dee faz cara de nojo, enquanto Mary Pat e Vivian permanecem inescrutáveis como sempre.

— Meninas — Mary Pat diz, dando um passo à frente e nos mostrando suas mãos viradas para cima em alguma espécie de gesto de paz estranho. — Estou muito feliz por vocês terem nos ligado. Jenya está aqui?

— Não — Vera responde.

— Seria tão bom dar um oi para ela — Mary Pat afirma, dando um sorriso amarelo.

Um eufemismo adulto para *Seria tão bom ferrar com a vida dela*, penso, mas tenho quase certeza de que minhas observações sarcásticas seriam indesejáveis no presente momento.

— Vocês têm muita sorte por terem se entregado — Dee afirma.

— Dee, compreendo seu sentimento, mas prefiro que não usemos a linguagem do complexo industrial-prisional — Mary Pat prossegue, sem olhar para Dee, mas ainda sorrindo amarelo para nós. — As garotas não estão "se entregando". Elas simplesmente decidiram voltar para nós. E, por isso, devemos aplaudi-las.

Deixo escapar uma risada por causa dessa afirmação. Não consigo me conter. Além disso, é engraçado ver Dee ficar incomodada. Mas Vivian me fuzila com os olhos. Então, fico calada.

— Sabe, é estranho. De todas as noites para fugir... — Mary Pat começa a falar, mas, atipicamente, se cala, com uma confusão no semblante, talvez até de medo.

Pensando bem, elas estão *todas* agindo de forma estranha, até arisca. Vivian continua inquieta, vasculhando sem parar a sala desordenada e sem graça com os olhos, e Vivian não é uma pessoa inquieta. Porém, não consigo descobrir se isso está acontecendo porque elas estão em um ambiente que não podem controlar ou se há algo maior em jogo.

Elas nos acompanham até a Estufa para revistar nossas bagagens e os bolsos dos nossos casacos. Ao sairmos pela porta e descermos a escada estreita, não há algemas nem mãos nos conduzindo com força pelos braços. Red Oak não compartilha os valores militaristas ou patriarcais de outras escolas terapêuticas. E, ainda assim, tenho a sensação inconfundível que estou sendo recapturada e que, mesmo se eu tentasse fugir, nunca teria sucesso dessa vez.

Do lado de fora, diante do prédio de Jenya, entre pilhas de neve removida, Mary Pat guia Vera pelo braço em direção ao carro.

— Vera, você vem comigo e com Dee. Mia, você vai com Vivian — ela diz.

— Não podemos ir juntas?

— Não, infelizmente não.

Elas nos dão um momento. Pelo menos nos dão isso.

Enquanto a neve fina cai entre nós como estática de TV antiga, ficamos uma diante da outra.

— Desculpe — Vera sussurra. — Não me odeie — ela pede. Uma lágrima rola pelo seu rosto e goteja em seu cachecol.

— Vera, eu nunca...

Estendo a mão para lhe dar um último abraço, mas o braço de Dee se interpõe entre nós como uma cancela de pedágio.

— Regra dos Quinze centímetros — ela diz.

61

— Então? — Vivian pergunta, olhando para mim depois de pegar a estrada que vai para o norte. — Valeu a pena?

Indiferente, dou de ombros.

— Você bebeu, imagino?

— Não.

— Está saindo pelos seus poros. O gim, depois de metabolizado, tem um cheiro muito marcante.

— Certo. Lamento tê-la decepcionado.

Essa é a frase que melhor funcionou com meu pai e Alanna. Os adultos adoram quando você se rebaixa na frente deles. Mas Vivian apenas sorri.

— É claro que você não está arrependida.

— Ei, pelo menos eu liguei para você — esbravejo. — Poderíamos facilmente ter embarcado em um ônibus da Greyhound e sumido. Então, você teria que responder a um processo. Não conheço a mãe de Vera, mas ela parece ser do tipo que gosta de processos. Mesmo assim, ela ainda pode te processar. Afinal, vocês *perderam* duas alunas. Por quase dois dias inteiros. Estava no *noticiário*.

— Sim, bem, também havia outras coisas no noticiário. Que você aparentemente perdeu.

— O que houve? Madison arrancou os últimos pelos restantes da perna ou algo assim?

Vivian pisa no freio, vira o volante e para no acostamento da estrada deserta. Ela se vira para mim e noto uma expressão de descontrole e lágrimas em seus olhos.

— Quer saber, Mia? Ainda bem que você fugiu. Estou muito feliz.

Porque se você não tivesse fugido, provavelmente você estaria morta agora!

— Calma, o quê?

— Perdoe-me — Vivian pede, apoia a cabeça contra o volante e respira em um ritmo acelerado.

Eu reconheço o ritmo. Vivian está tentando controlar a ansiedade.

— Puta merda, Vivian. Você está tendo um ataque de pânico? Porque eu...

— Só me dê um minuto, por favor.

Dou um minuto porque eu a respeito, mas também porque o que mais posso fazer? Teen Fun Skipper, o sofá do irmão de Isaías, os lobos, a ponte... Tudo parece ter sido há séculos. Agora sou apenas uma garota de Red Oak de novo, falando com minha terapeuta, confusa, irritada e, sobretudo, assustada.

— O.k. — Vivian diz, levanta a cabeça do volante, tira um lenço de papel do bolso do casaco e assoa o nariz. — O.k.

Um enorme caminhão-tanque passa por nós, espalhando neve lamacenta no para-brisa e deixando a picape de Vivian balançando suavemente em seu rastro. Ela respira fundo.

— Tivemos um incidente na noite em que vocês fugiram.

— Um incidente? Eu não...

— Seu quarto... Madison não estava nele, graças a Deus. Pedimos a ela para dormir sob observação na enfermaria porque... Bem, você sabe que não posso falar dos problemas das outras meninas. Tudo o que você precisa saber é que Madison não estava no quarto de vocês. E você também não, embora Freja não soubesse disso, é claro.

— Espere, Freja? Eu não... O que Freja tem a ver com isso?

— Mia? — Vivian diz e olha para mim, sinceramente surpresa. — Você está me dizendo que não sabia mesmo?

62

Não, eu não sabia mesmo.

Alguns segredos de Red Oak conseguem permanecer em segredo. Mas agora o segredo foi liberto, assim como Freja, transportada para longe após uma consulta com Nicoline Pedersen e sua equipe, a equipe de Red Oak e o departamento de polícia do condado, para um lugar mais seguro e melhor equipado para lidar com seu conjunto específico de problemas.[36]

— Mas eu não entendo — digo estupidamente. — Achei que ela estava em Red Oak porque a mãe dela achou que fosse um internato normal.

— Não.

Então, Vivian me conta, enquanto ficamos sentadas lado a lado em uma estrada vicinal abandonada no meio da noite, que quando Freja tinha doze anos foi considerada responsável por uma série de pequenas fogueiras acesas na escada de uma escola particular de elite em Copenhague antes de ser pega em flagrante e expulsa. Que ela depois foi enviada para um internato ainda mais elitista em Londres, onde foi expulsa novamente, pelo mesmo motivo. Sua família conseguiu manter a tendência perigosa de Freja fora dos tabloides e a enviou para ser educada em casa por um professor particular em uma remota fazenda sustentável de Nicoline Pedersen em uma ilha no meio do Mar Báltico. O que funcionou bem, até Freja conseguir pôr fogo em uma cavalariça no limite da propriedade, incinerando quase uma dúzia dos amados cavalos da Jutlândia de Nicoline.

---

36. Essa é uma linguagem usada por adultos para "ela foi internada".

Foi quando Freja foi enviada para Red Oak. Como se constatou, ela não tinha parentes em Mineápolis.

— Mas o que isso tudo tem a ver comigo? — pergunto, minha voz baixa na cabine da picape.

Vivian me explica que Freja começou a agir na manhã antes do início da nevasca, antes de Vera e eu começarmos nossa aventura. Nos intervalos entre as aulas, ela ficava voltando a um pequeno local protegido da neve sob o telhado acima da janela do meu quarto, forrando seu ninho com relva seca do inverno. Ela começou a atiçar o fogo depois do almoço, quando a pira estava pronta e o sol alto. Com os óculos de Madison, aqueles que Freja recebeu de presente e ninguém sabia por que ela os guardava, ela os inclinava para a frente e para trás, coletando o poder concentrado do sol na relva seca, na pilha de gravetos e nos pedaços de papel até que começaram a fumegar...

Que triunfo Freja deve ter sentido naquele momento, quando a fumaça se transformou em chamas. Depois, ela as cercou e as conteve em uma pequena fogueira, pequena o suficiente para emitir apenas um filete de fogo, protegido do vento como um recém-nascido. Logo depois do jantar e pouco antes de as luzes se apagarem, Freja escapuliu até lá de novo para criar uma fogueira mais alta e me matar de maneira rápida e metódica. Ela queria me transformar em cinzas, como vingança pelo que fizemos com ela no vestiário. Provavelmente, mas talvez não. Talvez fosse apenas outra maneira de alimentar sua compulsão, não diferente de purgar, arrancar os cabelos, roer as unhas, bater ou cortar, esse anseio, esse impulso, de transformar coisas sólidas e pessoas em fumaça. Para Freja, como se revelou, era o quadradinho final da lista de verificação da garota problemática: ela era uma piromaníaca.

Por fim, as chamas da fogueira de Freja alcançaram as paredes de madeira do meu quarto e de Madison, entraram pela janela e expeliram fumaça, engolindo e encolhendo tudo em seu caminho. Os alarmes de incêndio dispararam primeiro, salvando as outras garotas do Birchwood House, e, em seguida, o sistema de sprinkler foi acionado, salvando o prédio do dormitório da destruição total. Mas se eu estivesse lá, dormindo em minha cama, como deveria, poderia não ter sido o suficiente para me salvar. Eu poderia ter sonhado que era uma garotinha de novo, sentindo minha coisa favorita, aquela sensação de dentro e fora, água umedecendo meu rosto, lembrando-me de como o mundo era grande e de como eu estava segura em minha cama. A estrutura de alumínio do meu beliche e de Madison se derreteu e se transformou em uma massa disforme cintilante. Vivian me mostra uma foto em seu celular, como se para provar que não está inventando tudo isso. O colchão antiquado era feito de material sintético ultrainflamável. Se eu estivesse dormindo na minha cama, a última coisa que eu teria percebido era que eu me enganara sobre a minha crença de que existem alguns lugares no mundo de uma pessoa que são de fato seguros. Assim, eu teria morrido curada da minha última ilusão.

Ao terminar de falar, Vivian desafivela o cinto de segurança. Ela estende os braços e me segura por um longo tempo. Eu nunca soube como é o amor de mãe e jamais saberei, mas entendo que esse gesto, bem aqui, não está longe de ser um. Enterro meu rosto no cabelo preto comprido de Vivian e agora sinto o cheiro: o cheiro fraco, mas inconfundível de cinzas.

63

Saímos da estrada em algum lugar da floresta estadual e pegamos outra estrada vicinal cheia de nada, árvores e neve. Ocorre-me que eu não sei como é a estrada que leva até Red Oak porque eu estava dormindo quando cheguei pela primeira vez e, fugi pela porta dos fundos. Mas até eu sei que com certeza não se parece com isso: um estacionamento do tamanho de uma pradaria iluminado por holofotes, que revelam os redemoinhos de neve ainda caindo intermitentemente do céu. À nossa frente, há um enorme edifício de arenito, reluzente daquela forma barata que o deixa solitário só de olhar: o Lakeside Casino.

— Vamos jogar pôquer antes de voltarmos ou algo assim? — pergunto para Vivian.

— Não.

A essa altura, conheço Vivian bem o suficiente para saber que não vale a pena fazer mais perguntas se ela não quiser respondê-las. O que quer que esteja para acontecer, vou descobrir em breve. Saio da picape e, com as nossas botas esmagando a neve salgada, a sigo pelo estacionamento em direção ao enorme conjunto de portas giratórias que marcam a entrada do cassino.

O saguão é cavernoso e decadente, cheirando a cigarro e ressoando o zumbido constante das máquinas caça-níqueis. Vivian indica o caminho, andando um pouco à minha frente. Passamos pela recepção, depois viramos à esquerda, e chegamos ao bufê. É um salão grande, decorado com luzes natalinas vermelhas, prateadas e douradas, com um Papai Noel mecânico suspendendo seu saco de brinquedos até o ombro repetidas vezes. Pelo alto-falante no teto, Elton John canta baixinho: *I hope you don't mind, I hope you don't mind...* O lugar cheira a presunto cozido e não há vivalma, exceto por uma pessoa sentada sozinha diante de um prato intocado de rosbife e purê de batata instantâneo, com as mãos entrelaçadas, esperando.

— Pai.

Vivian escapole para pegar uma xícara de café e nos dar privacidade. Estou diante dele, com minha mochila, meu casaco pesado e comprido e minhas botas pingando em todo o carpete estampado. Meio que se levantando, meu pai deixa escapar meu nome em um soluço. Ele está segurando algo, algum tipo de tecido preto e despedaçado e que parece que está prestes a se decompor em suas mãos. Ao me aproximar, vejo o que é: os restos queimados da bolsa de viagem que Alanna enviou antes de mim, quando pediram aos Homens do Transporte que me levassem embora.

— Recebi sua mensagem — ele começa. — Obrigado. Obrigado, querida. Porque antes de ter notícias suas, achei...

A voz do meu pai falha e ele não diz mais nada.

— Pai, por favor... Eu sinto muito.

Aproximo-me dele e ele passa os braços em torno de mim. Nem me lembro da última vez que o deixei me abraçar, mas sei que foi há mais de um ano. Mais de dois. Dois anos inteiros. Desabo nele, dizendo junto ao seu peito: *Sinto muito, sinto muito, sinto muito.* E eu o ouço, acima de mim, respondendo de volta: *Também sinto muito, também sinto muito.* Até que repetimos essas palavras tolas tantas vezes que é como se estivéssemos enchendo o mesmo balão até ele ser levado para longe, carregando dentro dele todas as outras coisas que deveríamos ter dito, mas nunca dissemos.

Ele me dá uma ficha redonda que serve para que eu pegue o que quiser no bufê. Encho o prato com batatas frias mornas, uma fatia de pizza de linguiça requentada e um copo grande de Fanta laranja.

Meu pai me vê comer. Ele não diz nada. Percebo que estou morrendo de fome. Como tudo no meu prato. Então, volto para pegar mais batatas fritas, junto com uma salada que eu mesma preparo com uma quantidade bem grande de molho rancheiro. Ele também me vê comer isso. Quando finalmente termino, ele bebe o resto do seu café e se levanta.

— Você está pronta? — pergunta.

Suponho que ele esteja me perguntando se estou pronta para voltar para a picape de Vivian, se estou pronta para me despedir dele e voltar para Red Oak para concluir o trabalho emocional que o dinheiro do seguro da minha mãe exigiu de mim.

— Sim — respondo. — Acho que sim.

— Ótimo — ele diz e segura minha mão. — Estou levando você de volta para casa.

TRANSFORMAÇÃO

These are the ones who escape
after the last hurt is turned inward;
they are the most dangerous ones.
These are the ones who loved you.
They are the horses who have held you
so close that you have become
a part of them,
        an ice horse
galloping
        into fire.

– Joy Harjo, "She Had Some Horses"

(Estes são os que escapam
depois que a última ferida se volta para dentro;
eles são os mais perigosos.
Estes são os que amavam você.
São os cavalos que mantiveram você
tão perto que você se tornou
parte deles,
        um cavalo de gelo
galopando
        para dentro do fogo.)

64

Para chegar à Saint Ann's School a tempo do primeiro sinal, às sete e quarenta e cinco da manhã, tenho que pegar o trem das seis e meia, o que significa que devo acordar as cinco e quarenta e cinco. Sim, você leu certo: cinco e quarenta e cinco da manhã. Você faz ideia de como é Chicago a essa hora em janeiro? Vou dizer: parece exatamente igual à meia-noite. Vai contra a natureza humana sair da minha cama quente a essa hora, com o gelo cobrindo as janelas do meu quarto, o céu escuro como breu e o piso de madeira gélido porque meu pai está vencendo a guerra contra Alanna sobre a temperatura do termostato. Mas acho que se você vai se reinventar, esse é o preço que precisa pagar.

Pelo menos esse foi o conselho do terapeuta familiar que Vivian nos recomendou depois que meu pai me tirou da Red Oak e me trouxe para casa de vez. Todos nós fomos à terapia, até mesmo as gêmeas, que na maior parte do tempo cutucaram o nariz e encararam com ceticismo e confusão uma reimpressão de *O filho do homem*,[37] de René Magritte, pendurada na parede do consultório do dr. Stuben. As sessões foram estranhas e penosas — eu poderia pensar em diversas maneiras melhores de passar minhas tardes de sábado — e conversamos a respeito de muitas coisas, que não estou com vontade de repetir aqui. Para ser sincera, porém, foi muito mais difícil para meu pai e Alanna do que para mim. Estou acostumada a ser forçada a olhar para dentro. Já a Alanna, não. Deu trabalho fazê-la descer do seu pedestal.

---

37. Você sabe qual. O cara de terno e chapéu-coco com a grande maçã-verde pairando inexplicavelmente na frente do seu rosto.

Mas por mais que me doa fazer um elogio a Alanna, ela se esforçou. Se deprimiu. Houve choro e houve abraços. Os sentimentos foram dominados. As emoções foram nomeadas. Os comportamentos foram investigados. As prestações de conta pessoais foram feitas. Se Mary Pat estivesse lá para testemunhar, ela teria morrido de felicidade.

Foi o dr. Stuben que sugeriu um recomeço em novas bases — um meio-termo feliz entre minha antiga escola, onde minha reputação poderia muito bem estar pendurada na quadra de esportes ao lado das faixas de campeão estadual de basquete, e Red Oak, onde Freja tentou tacar fogo no meu traseiro. Um lugar longe o bastante, onde eu possa me sentir uma estranha, mas perto o bastante para que eu ainda possa morar em casa. Uma escola que meus pais[38] podem pagar sem usar o dinheiro deixado pela minha mãe assassinada.

A Saint Ann's School for Girls, que fica a uma hora de trem e possui uma grande dotação de bolsa de estudos, atende a todos os critérios.

E hoje é o meu primeiro dia, o primeiro do novo semestre. As estrelas ainda estão visíveis quando meu alarme toca, mas estou tão nervosa que saio da cama sem sequer apertar o botão soneca. Enfio meus pés nos chinelos roxos felpudos que Lauren e Lola me deram como presente de boas-vindas e caminho pelo corredor até o banheiro, fechando e trancando a porta atrás de mim.

Já faz cinco semanas que estou em casa, e mesmo assim ainda parece um luxo ficar sozinha em um banheiro com um espelho de corpo inteiro e uma porta com fechadura. Não havia espelhos em Red Oak. Um espelho pode ser quebrado e o vidro estilhaçado pode ser usado como arma contra você ou outras pessoas. Tudo o que tínhamos eram aqueles quadrados metálicos amassados sobre as pias do dormitório, que distorcem e refletem de maneira tão tosca que nunca era possível termos uma visão clara do nosso próprio rosto. Eu me acostumei e meio que passei a preferir aquilo ao escrutínio constante ao qual tinha

---

38. Está vendo o que eu disse? Eu os chamei de meus pais. Sentimentos: DOMINADOS.

submetido meu próprio corpo. Talvez seja por isso que, nas cinco semanas desde que voltei, ainda não dei uma boa olhada em mim. E então agora, quando estou diante do espelho e começo a tirar cuidadosamente minhas roupas, peça por peça, quase sinto medo. Mas sei que preciso fazer isso. Descalço os chinelos e dobro a camiseta, a calça do pijama e a calcinha. Empilho tudo em ordem numa pirâmide e coloco em cima da tampa fechada do vaso sanitário. Solto o rabo de cavalo, ligo o chuveiro e então me viro lentamente para me encarar. É um pouco como um reencontro com uma antiga melhor amiga, o tipo de amiga que tanto prejudicou como se sacrificou por você e que, por causa dessa história complicada, você ama e odeia ao mesmo tempo.

Eu. Aqui estou.

Meu corpo é um corpo feminino. O corpo de uma mulher. As suas curvas. A concavidade da minha clavícula e a dilatação e contração do músculo se eu me viro para um lado ou para o outro. Já me depilei algumas vezes antes — Xander gostava —, mas tudo voltou a crescer agora. Ganhei peso. Minha barriga está lisa, mas sem definição. Minha cintura se afunila para dentro e para fora novamente. Minhas coxas, cobertas com pelos loiros macios, se tocam. Isso é uma coisa ruim, me disseram. Mas depois me disseram que alguns caras gostam de coxas grossas. *Você é um cara que gosta de bunda ou de peitos? Você gosta de garotas de pele escura ou de pele clara? Alta ou baixa? Odeio garotas com cabelo curto. Muito preto. Muito castanho. Muito platinado. Com lábios muito finos. Com lábios muito carnudos. Muito peludas; isso é muito nojento, garotas que não se depilam lá embaixo. Verrugas. Tornozelos grossos. Celulite. Seios pequenos. Seios enormes, mas só porque ela é gorda. Em uma escala de um a dez...*

Como você sabe se é bonita?

É você quem decide?

A caloura que entrou no quarto de Scottie Curry há dois anos com o jeans justo e a loção corporal brilhante não achava isso.

Mas e agora?

Giro para a esquerda e para a direita. A água quente do chuveiro está enevoando o ambiente.

Muitos tocaram meu corpo e outros tantos olharam para ele. Lançaram olhares maliciosos para o meu corpo, julgaram-no e o classificaram em suas diversas escalas de atratividade e aceitabilidade. Mas alguém já contemplou meu corpo? Eu já contemplei meu próprio corpo? Penso em Vivian e em sua conversa de saciedade semântica. Digo *corpo* em minha cabeça tantas vezes que não significa mais nada, apenas duas sílabas, duas lufadas de ar saindo da minha boca. Digo *garota*. Digo *mulher*. Passo meus dedos pela tatuagem de coração desbotada que Marnie marcou há muito tempo na pele macia na parte de cima do meu seio. Os furos fechados enfileirados em minhas orelhas. Eu sou bonita? Ainda não sei se posso afirmar isso.

Mas sei que pareço bem. Pareço saudável. Pareço ter passado por muita merda. Pareço alguém com um futuro diante de mim que está vazio de tudo, exceto de possibilidades.

Fecho os olhos. Passo os dedos pela minha silhueta. Antes de entrar no banho escaldante, para me deleitar com a pressão da água e o xampu com aroma de rosas de Alanna, passo os braços em volta de mim, apenas para ver como seria segurar o corpo que sou eu.

65

Querida Vera,

É melhor você estar se comportando direitinho para desfrutar dos privilégios do correio, porque odeio a ideia de que minhas maravilhosas palavras fiquem abandonadas em sua caixa de correio por semanas a fio só porque você não se deu ao trabalho de esfregar um vaso sanitário ou fazer sua lição de matemática.

Então, quer ouvir um lance maluco? Fiz um teste para o time de futebol. E FUI APROVADA. Eu sei, eu sei. Posso ouvir suas risadas daí: Mia Dempsey, estudante-atleta. Mas não é nada demais. Minha nova escola é muito pequena e as equipes de esporte geralmente são péssimas. Ainda não tive oportunidade de jogar, mas, apesar disso, estou na escalação. Tenho um uniforme e minhas próprias caneleiras. Minhas companheiras de time me presentearam com prendedores de cabelo costurados à mão com as cores da escola e me convidam para jantares ricos em carboidratos nas noites antes dos grandes jogos. E eu nunca pensei que fosse dizer isso, mas essa história toda tem sido de certa forma... Legal. Fazer parte de alguma coisa, sabe? Não se preocupe, não estou dizendo que vou virar uma puta atleta agora. Só estou dizendo que algumas coisas que antes eu achava babacas agora acho que são corajosas. E algumas coisas que antes eu achava corajosas agora acho que são babacas.

Eu me movo com muito cuidado nessa nova vida, não correndo riscos. Vou para a escola, treino e volto para casa. Sim, é chato na maior parte do tempo, e sim, às vezes sinto a velha loucura tomando conta de mim, mas estou fazendo o possível para não a deixar vencer. E até agora (e com o pressuposto de que tudo já pode ter ido à merda quando você ler essa carta) está funcionando.

Você se lembra daquele cara, Xander, com quem eu costumava sair, aquele com o pai alemão ricaço? Bem, certa vez ele me ensinou essa palavra: "terroir". É quando algo tem o sabor igual do lugar de origem. Por exemplo, um vinho do Vale do Loire, na França, tem gosto pedregoso, de fumaça, por causa do solo desse lugar específico. É como quando uma pessoa começa a falar e você sabe de onde ela é por causa do sotaque. O terroir é o sotaque de uma comida ou bebida que indica sua origem.

Você tem um terroir muito complicado. Eu precisaria prová-lo muitas vezes para descobrir todas as notas. Na primeira e única vez que você me beijou, na floresta, com os lobos dormindo na escuridão, um pouco além de onde podíamos ver, senti o gosto de chuva sibilando em uma calçada muito quente. Senti o gosto de lustra-móveis, limpador de carpetes e horizontes de aço. Senti o gosto de amêndoas, dinheiro, tâmaras açucaradas, esmalte de unha, o silvo borbulhante de água com gás e o estalo estonteante e calcário da cocaína. Senti o gosto de cera de vela e suor de uma festa lotada em um apartamento decadente. Senti o sabor de algo doce fora de alcance e uma nota insistente no fundo de tudo, um gosto salgado e mineral: o de uma dor enterrada.

Aposto que você também sentiu esse gosto em mim.

Acho que cada uma de nós, garotas problemáticas, possui sua própria paisagem, suas próprias condições de cultivo. Algumas de nós brotaram na estação chuvosa e os nossos melhores sabores foram eliminados por nossos cuidadores descuidados, enquanto outras murcharam, desprotegidas, sob o calor implacável. Outras ainda foram paparicadas demais, resultando em um cultivo excessivo. E ainda houve aquelas que foram completamente ignoradas, brotando pequenas, amargas e selvagens.

É muito fácil para o mundo pisar em garotas como nós, abrir à força a nossa pele fina e aquecida pelo sol. Entendo por que você tem medo de voltar para cá. Mas, por favor, me prometa que, um dia, você vai tentar. E quando você fizer isso, me procure. Temos muito que conversar. Ainda há muito que preciso dizer. Mesmo agora, não sei se meu lugar era em Red Oak ou não. Se eu era, para usar seu critério, ruim ruim ou só não boa. Apenas sei que, se não fosse por Vivian e você – e você acima de tudo – eu seria uma Garota Desaparecida para sempre.

Vejo uma vida pela frente para nós, Vera. Uma vida própria, com todas as tristezas e as alegrias, com todas as merdas e todas as transcendências. Vejo que não importa o tempo ou o clima ou as propriedades do lugar em que brotamos, nós, garotas problemáticas, temos que persistir, nos retorcendo e abrindo nosso caminho para fora da terra, com nossas videiras verdes e estendidas. Se pudermos continuar, poderemos sobreviver. Podemos provar que eles estão enganados, todos eles: todos aqueles especialistas que disseram que éramos intragáveis.

Com amor,
Mia

Lista poética de Mia em Red Oak

"The Applicant", de Sylvia Plath

"Crossing Half of China to Sleep With You", de Yu Xiuhua

"Diving into the Wreck", de Adrienne Rich

"Fever 103", de Sylvia Plath

"Get Up 10", de Cardi B

"I'm Going Back to Minnesota Where Sadness Makes Sense", de Danez Smith

"In Memory of my Mother", de Patrick Kavanagh

"Mariner's Apartment Complex", de Lana Del Rey

"my bitch!", de Danez Smith

"My Therapist Wants to Know about My Relationship to Work", de Tiana Clark

"Obligations 2", de Layli Long Soldier

"Relay", de Fiona Apple

"Praying" (monólogo de abertura), de Kesha

"So I Send This Three-Word Burst, Poor Ink, Repeating", de Steve Davenport

"She Had Some Horses", de Joy Harjo

"Water", de Anne Sexton

"Where Are the Dolls Who Loved Me So...", de Elizabeth Bishop

"A brancura da baleia", Moby Dick, de Herman Melville

Agradecimentos

Agradeço imensamente às jovens que compartilharam suas histórias comigo ao longo das pesquisas e da escrita deste livro. Há muitas garotas para nomear (e sei que algumas preferem permanecer anônimas), mas gostaria de prestar um agradecimento especial a Morgan Feinstein e ao corpo docente e às alunas da Oklahoma Teen Challenge.

Muitas outras mulheres incríveis ajudaram este livro a percorrer a jornada de um manuscrito confuso a um produto publicado. Meu muito obrigada a Sara Crowe, minha agente fantástica, e a todos da Pippin Properties. Um agradecimento especial a Alexandra Cooper, que já editou três dos meus quatro romances e que sempre me estimula a pensar melhor e a ir mais fundo. Agradeço às gentis e sábias Rosemary Brosnan, Allison Weintraub, Alexandra Rakaczki e ao restante da equipe maravilhosa da Quill Tree Books. Este livro é um belo objeto físico e, por isso, devo agradecer a Dana Ledl pela bela arte de capa, a Cat San Juan pelo *design* do livro e a Erin Fitzsimmons pela direção de arte.

Meu agradecimento a Will McGrath e Ellen Block por me receberem em sua casa em Mineápolis durante minha estadia na cidade para pesquisas, e a Neelu Molloy por compartilhar seus conhecimentos sobre sua cidade natal. Espero dividir uma caçarola com todos vocês em breve. Meu muito obrigada a Luis Calzada Zubiria e Marty McGivern pelas leituras cuidadosas e atenciosas do primeiro rascunho. Agradeço a Kelly Dunn Rynes por me dar um curso intensivo (está vendo o que fiz lá?) sobre a física da patinação no gelo. Minha gratidão a Bridget Quinlan por discutir comigo, como só você poderia, acerca da verdadeira definição de "básico".

Escrevi a primeira cena deste livro há dez anos, no curso de escrita de ficção de Don DeGrazia, no Columbia College. Meus amigos e mentores da comunidade literária de Chicago, muitos dos quais conheci na esquina lendária da Michigan com a Balbo, foram fundamentais para o meu crescimento como escritora. Meu muito obrigada a todos vocês, com fortes aplausos para Randy Albers, Patricia Ann McNair, Eric May, Christine Maul Rice, Alexis Pride, Chris Terry, Matt Martin, Joe Meno, Jarrett Dapier, David Schaafsma, Ann Hemenway e ao pessoal da Women & Children First e da Book Cellar por sempre apoiarem o trabalho dos autores locais.

Meu agradecimento especial ao meu marido, Denis, às minhas três filhas, à minha família e ao meu círculo íntimo de amigos. Ufa! Mergulhar nas profundezas da minha imaginação seria impossível sem saber que vocês estavam prontos para me puxar para cima. Eu amo todos vocês!

E, finalmente, um pensamento sobre Amy Winehouse, cujas letras brilhantes propiciaram o título deste romance: por mais injusto que fosse, Amy era tão famosa por suas confusões quanto por sua genialidade musical. Mas vale a pena lembrar que ela estava sóbria quando escreveu a maioria das músicas de *Back to Black*. O clichê de artista torturada é perigoso, porque a dor não pode ser reaproveitada em arte até que o artista esteja bem o suficiente para colocar alguma distância entre si e aquilo que o tortura. Não há nada de nobre ou romântico sobre sofrer em silêncio ou morrer jovem. Se você estiver sofrendo, conte para alguém. Ninguém deve ter que lutar às cegas. E nada precisa ser um destino resignado, nunca.

Se você gostou das aventuras da Mia provavelmente vai gostar desses livros!

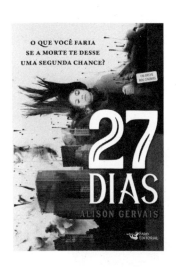

ASSINE NOSSA NEWSLETTER E RECEBA INFORMAÇÕES DE TODOS OS LANÇAMENTOS

www.faroeditorial.com.br

Campanha

Há um grande número de pessoas vivendo com HIV e hepatites virais que não se trata. Gratuito e sigiloso, fazer o teste de HIV e hepatite é mais rápido do que ler um livro.

Faça o teste. Não fique na dúvida!

Esta obra foi impressa em junho de 2021